獵人們

朱天心

本書寫給不喜歡貓和不瞭解貓的人

目次

相逢似相識，此去難相忘／錢永祥 06
舞鶴貓／舞鶴 16
獵人們 21
當人遇見貓 47
貓爸爸 69
李家寶 93
貓天使 107
並不是每隻貓都可愛 123
貓咪不同國 153
辛亥貓 169
只要愛情不要麵包的貓 193
一隻興昌里小貓的獨白 213

序

相逢似相識，此去難相忘

錢永祥

小說家寫人生要寫得好，得讓筆下的角色有血有氣，彷彿自有其獨立完整的生命，出場就能夠帶著故事開步生風，而不是作家用來填充故事的道具。貓生百態，比起人生的豐富多樣不遑多讓。寫貓生要寫得好，同樣需要讓貓在筆下有他自己的生命，而不祇是作家投射感情的標的。今天以動物爲主題的作品不少，可是一件件作品究竟是在寫動物、還是藉著動物說作者自己的心情，要看作家能不能壓抑聒噪和擺布的欲望，退後再退後，讓動物展現自己，讓動物釋放自己生命的眞相與力量。

朱天心是知名的作家；她的作品之所以高明，身爲文學的素人，我不敢造次議論。可是她這本寫貓的書之所以不平凡，我根據上述的道理，卻深知其所以然。這本書我讀起來無法自己，時而莞爾、時而大笑、時而焦躁、時而眼熱鼻酸。自忖年近耳順，人間閱歷也實非稚嫩，情緒本來不應該受到一本貓書如此強烈地左右。但是關鍵在於：朱天心與貓族的關係，乃是「相逢」而不是「占有」。於是頁裡行間各樣貓態自在地上場退場，沒有造作，沒有強迫，既不諱言貓生的窘迫、艱難、殘酷、偏執，也不吝於讓貓族自行發揮他們的嬌媚、多情、冷峻、優雅。在朱天心的筆下，貓已經不是寵物、不是朱家男女老小的玩偶，而是一群獨立自在的主體，各逞其能在人類支配的環境裡尋找空隙，爭取一份存活的空間。這種視貓爲自由主體的貓書，應該與人類英雄的傳記歸於同一類文體。你看得出來，作者記載貓族的事蹟、遭遇與神態謦欬之際，懷著一份關懷與尊重，一如作家爲淪落市井的豪傑作傳，紀實、稱頌、憐惜、責備皆備。這種記錄，怎麼能不令讀者感動與喟嘆？讀者若是對人生的美好與悲哀稍有領略，怎麼能不被貓生的喜劇、悲劇與鬧劇所感動？既然如此，我讀本書之時的難以自己，豈不是很容易理解嗎？

如果我的詮釋有道理，朱天心的這本書，在台灣的「動物寫作」（animal writing）歷史上，便具有一定的地位。此前，寫作野生動物的作家，多半已經能夠隱匿（人類的）自我，讓動物自行出場說

話。這反映了他們意識到人類中心主義的扭曲效應，於是有意識地讓動物做爲主體現身。可是到了同伴動物的範疇，這種意識始終發達不足。寫寵物的作家自然貢獻良多，讓眾多讀者開始領略身邊小動物的種種美好，也提醒飼主對寵物負有沉重的責任。不過，「寵物」一詞，已經說明了這種動物乃是被「占有」的、而不是做爲獨立的生命與人「相逢」的。於是在作家筆下，他們無法來去自如，隨緣與作家結識或者告別，留下愉快或者遺憾的故事讓作家記錄。這種書裡所呈現的動物，溫馴近人有餘，卻缺少了一份生命的完整感。

我在這裡強調動物與人的「相逢」關係，反對飼主視同伴貓狗爲（善意的）「占有」對象，目的在於突出相逢關係的內在道德面向。

如果說占有的本質乃是宰制，那麼相逢而猶能持續地珍惜、付出，不至於流爲冷漠、寡情，原因在於：承認了相逢的偶然，才能保有關懷與尊重的空間。是的，朱天心對貓族的態度，最好是用「關懷」與「尊重」來形容。其實，關懷與尊重，正是我們對待其他人、乃至於對待動物的基本原則。這兩個字眼看起來平凡陳腐，讀者們會以爲早已通透其間意義。眞的嗎？讓我稍作解釋。

甚麼叫做「關懷」？關懷一個對象，意思是說，你在意他／她／牠／它的感覺與遭遇；他的感覺與遭遇，對你具有實質的意義，你不會因爲利益與方便而不列入考慮。在這個意義上，我們活在這個充滿粗暴與壓迫的世界裡，爲了活得下去，便不得不對於周遭的世界與人（遑論動物）缺少、斬斷關懷。誰能盡情關懷自己周遭的可

憐人？又有幾人能出於關懷，而惦記著屠宰場裡的雞豬牛羊、街頭的流浪貓狗？「關懷」會給我們的生活帶來沉重的負擔，於是我們多半會明智地切斷關懷。

甚麼又叫做「尊重」？尊重一個對象，意思是說，你承認他／她／牠／它的欲望、需求、願望、抉擇自有其地位與價值，不容你從自己的立場妄加扭轉和否定。在這個意義上，由於人類的霸道習性，我們不僅很少尊重人，遑論尊重動物。對於他人的習性、言論、信仰、生活方式，乃至於偏好、欲求，我們不是始終有一個「正確」與「錯誤」的分際嗎？多數飼養寵物的人，不總是在根據自己的情緒與虛榮，百般設法「馴服」轄下那隻可憐的畜生嗎？「尊重」要求我們發揮高度的寬容與想像，不再以己爲尊，於是我們多半會敬謝不敏。

很明顯地，關懷與尊重，與「寵物」這個概念並不相容，因爲關懷與尊重的態度，要求我們視動物爲主體而不是玩具，既不是物、更不是寵愛戲弄的對象。如果你關懷與尊重一隻貓，你會惦記他究竟如何營生度日，在人間叢林裡他如何求生自保，但同時你會希望他活出貓性、活出他自己的生活，即使因此你得承擔相當程度的不便與負擔。我自己身邊也有幾隻貓作伴。我設法保護他們、照顧他們、疼愛他們。但是有時候我也擔心，他們的生活會不會太遭我侵犯？是不是我的關注，竟多少扭曲了他們的生活？但是明知外頭世界的險峻與辛苦，我又捨不得讓他們隨興走出家門。讀了《獵人們》之後，我特地請教天心，她怎麼有本事同時招惹那麼多左鄰右舍、

牆頭街角的貓隻，由他們來去自如地博取她的感情和關懷，她卻不需要爲自己的感情買個保險，不需要竟日擔憂貓隻的吃苦、受辱、病痛、傷亡、失蹤？

天心告訴我，台灣寶島不會有這種保險；擔心與遺憾乃是她生活裡的常數，時時刻刻的情緒折磨，也是無可逃避的負擔。細讀《獵人們》，你必須想像，一個對貓隻如此牽掛費心的人，面對貓族生活的窘困與危厄，焉有餘裕驚嘆路邊某一隻貓咪的高雅、獨特？可是朱天心卻又總是顯得從容。她不惜時間、感情、金錢（甚至於陌生人的敵意和訕笑），爲的是她尊重貓生的整全（integrity），知道貓族若要在這個人類霸占的世界裡奢求稍有尊嚴的生存，總是要付出高昂的代價。她寧可承擔感情的沉重牽掛，也不願意爲了保護自己，而在對貓族的尊重與關懷之間打折扣。讀這本書，這個態度——我想也是街頭巷尾很多「愛心媽媽」的態度——給我留下了最深刻的印象。

於是，一章接著一章、一景接著一景，你讀到朱天心一家人經常性地與貓族在各種情境裡相逢。每一隻貓都有面貌與性格（當然還有姓名），都有脾氣跟習慣，也常會教人疼和討人厭。他們的來路和去向往往難以想像（通常也不堪想像），不過相逢的此刻，人與貓多少總能交換一些生命路途上的心得，激起對方一些想像與感觸，喚醒彼此心裡的某些情愫與喟嘆。朱天心用入微心思與生花妙筆所描繪的貓生百態，定然會令每一位讀者——包括她以此書題贈的「不喜歡和不瞭解貓的人」——都難以釋卷。不過，容我自豪地說，書裡一些瞬間捕捉的鏡頭，恐怕只有長期與貓廝混相守過的有心人，才能領會其中貓態如何地可掬。

據說馬克・吐溫說過，神造萬物，只有貓不能用鏈子奴役。我演繹他的意思，其實是說貓邀人寵，卻絕對不可能化爲寵物。讀者要具體領悟此說中間的大大小小的道理，朱天心的《獵人們》正能爲您講出分曉。

二〇〇五年新歲於南港／汐止

（本文作者爲中研院人社研究中心副研究員）

序

舞鶴貓

舞鶴

舞鶴貓，多路邊撿回來的棄貓，多竹溪寺女尼給的放生貓，都沒有完全乎變態，都很會吃阿飯，很會玩彼此，都沒有紮了結了了事，多過了應該的貓生，都滿意貓世大不同人世，多希望貓生貓世人事不管貓事。

淡水居始眞正養貓，前後平房台式紅瓦日式青瓦，小庭花台間隔巷徑磚牆。第一隻虎斑貓大咪，記不得所從來，被棄貓放生貓虎大咪，記得在對面厝瓦上挑戰大公貓的艱苦，幾度出爪人家不動如貓，不動間倏的出掌大咪便虎的嚇到瓦緣幾幾跌下厝崖，人貓見笑，直到黃昏某日散步歸來忽聽得嘻喵一聲，見大咪蹲得乖乖在一隙牆墩鼻頭對著一堵母貓栱的臀大，——方知當時已有王國好大地盤由蹲到趴貓的盛事不朽大咪，多年後猶感念在黏巴噠花屁股之隙仍不忘招一聲呼晚霞暮色，前幾日偶然于發現貓頻道觀看挑戰大公虎的甘苦才知道大咪如今轉戰螢幕上。

有兩年，府城人家愛把自己放生到開台第一寺竹溪，就在「臨濟正統竹溪專修」的道場前，晨晚兩回有位做自助餐生意的婦人騎機車載來大桶剩魚剩肉拌剩飯，貓咪聞摩托碰噗當下蹼嗚出來紛紛，總管女尼也幫著吆喚睡過頭的或新到乍來的。那兩年，回府城第一事到竹溪吃貓飯，貓頭碩大碩小轉來鑽去都有飯吃

人貓兩安歡喜皆大，何時女尼請託小貓輾轉放生到淡水，一隻黑面暹羅叫渾渾另隻白面波斯叫沌沌，府城之小乃知淡水之大，都吃白麵包，都吃罐頭魚，都曬冬日小庭的晨陽，都在寒流的午夜哆嗦酷凍，都牙祭蟑螂配蜥蜴的好吃，同在一起小大三隻漫漫度過渾沌不知的歲月。每魚罐大餐後，渾渾戰沌沌，戰到忽眞忽假、弄假成眞、眞時亦假，至今每旁觀文明人人吵架成打戰分不清眞假，不懂戰爭遊戲的眞諦是眞不如渾渾沌沌。

渾沌都失蹤在「公貓本分的失蹤」中。眼瞳灰藍渾渾，沌沌海藍。藍即將消逝灰海之際，一雙少女綠的貓瞳走來一隻純黑的母貓黑哦，黑貓沉靜黑哦近於漠冷動靜無聲，是唯一隻懂得散步的貓在後三四步或在前，夜晚十時人車滿塞的馬路照常過，誰先過便在對過回頭瞧著等著，隨後依然在前三四步或在後。躍入池中兩三下金魚甩給乳貓吃才初次見識沉靜中的狡捷、漠冷中的情炙，待看清懷裡乳著的貓有虎色有灰斑有黑花更有純白，眞眞是藍眼白波斯才悟到綠眼黑台灣的厲害，「怎這麼黑生出這麼白，」人世都感歎轉眼間貓世已三代小大溜去溜來十又三隻，貓碗三四碟看貓小頭胡來胡去大頭讓來讓去，更厲害祖母綠的眼睛看得準破曉前林中睡鳥一一叼回來擺正厝門前，一一消失掉天亮後不久。黑哦在某回夜深散步中忘了回來，可能走遠到都市荒郊，重新辨出星星的方位出發尋向小貓時代的山水原來的家，——年初，在東海岸某個海口的溪岸，驚見過境一隻黑貓，相互凝視的瞬間，「黑哦，」或者也好，「是黑哦的女兒嗎。」

獵人們

尙未幫家中母貓結紮的年代——啊，那眞是幸福的年代，整個辛亥隧道南口山坡只不到五十戶人家，人家中又只我們有貓，貓們依本能並不亂倫，貓口增加緩慢，簡單說，我們勿需爲他們結紮——很習慣做母親不久（通常兩個月左右）的貓媽媽們的夜間訓練課程。

神祕清朗的夜晚，小奶貓們從某個角落傳來或撒嬌或哀求或哭啼啼的喵聲，不需起床不需探看就知道是貓媽媽把他們叼到某高處（花壇短垣或樹幹分枝處）要他們練習跳下。

對此，我們硬起心腸不干涉，多年經驗告訴我們，因爲曾經幫小貓緩頰求情（如插手把最弱小不敢下地那隻給捏下牆），氣跑過自尊心強極了的母貓。

再下去更得硬起心腸，貓媽媽會叼回活物，有時弄得見血，祕密會社歃血爲盟般的要每一隻小貓上前練習獵捕。這在「Discovery頻道」看多了，貓科媽媽驅趕回一隻膚髮無傷只是失了群的小瞪羚，要仔貓們反覆練習，追躍、拍倒、咬咽喉……，一隻小活羚甚且可以當一兩天的活教材。

這在吃得再飽再好的城市家居貓身上仍不停止的搬演著，大概是血液中百萬年來先祖們的基因召喚，不願生疏一身的好技藝。

貓媽媽遭結紮的年代開始，陸續收的都是零星的孤兒貓，未及讓媽媽帶大並傳授任何技藝，不過這半點不妨事，吃飽喝足仍然不礙做個優異的獵人。獵人名單中一隻公貓都沒有，雄性貓科大抵都如此，難怪紫微斗數天同坐福德宮的女兒盟盟曾建議我，下輩子投胎記住要做隻雄性貓科，更好能指定項目做獵豹，據說他們終生只須玩樂。

家裡的貓史上，排名一二的捕獵高手應該推花生和納莉。花生且是貓王朝中唯一的武則天或凱薩琳女大帝，之前，之後，再沒有。

花生晚她兄長金針、木耳大半年撿到，但幾乎可確定是附近一隻獨眼老母貓先後兩胎所生。花生是白底玳瑁貓，所以比眞正的三色玳瑁貓要碩長許多，企形臉，骨架大而又瘦骨嶙峋。依例，在她快發情前做了結紮。那時的家中，老弱婦孺貓七、八隻，唯有針針適格做貓王，同胞胎的木耳幼年一場高燒燒壞了頭殼，只空長一副俊美模樣，以爲自己是狗，天天與狗族爲伍，且認一隻體型超小

的母狗妞妞做媽，出門進門晨昏定省，耐心的舔舐狗媽媽的頭臉。針針大多時征戰求偶在外，領土非常廣，闊及數個山坡新舊社區，往往外出十來天才抽空返家療傷休養。於是家園周遭的領土保衛由花生接管。

花生鎮日搜巡整條巷弄，把那甚至是慕她美色（雖結紮了仍有氣息）而來的公貓們打得哀嚎逃命半點不領情，花生也看不起家中的貓族，她常坐在家中高處，怒目四下，喉間發著怨怪牢騷聲，連狗族都個個膽寒畏縮，貓族小的們天眞無邪只顧追打廝鬧，老弱的昏睡終朝，不時還有那頭殼壞去的木耳哥哥趁其不備來叼她脖頸做出求偶動作……

花生何以解憂？唯有打獵。

她輕易啣回蜥蜴，又向我們炫耀又同時發出護食的警戒聲，那蜥蜴是盟盟鍾愛的，我們搶救情急，便撒些貓餅乾換她鬆口，捕獵高手花生鍾愛貓餅乾，次次應聲放開只是詐死的蜥蜴專心享用，我們趁此把牠送到遠些處放生。

沒多久，事情竟發展成這般：花生想吃餅乾，便打回一隻蜥蜴向我們換取，一天好幾回。她吃著餅乾（我們猜想），一定暗暗歎息：「這主人，是怎麼回事，這麼愛吃蜥蜴！」

終有一回，她打了一隻自嘴到尾尖快有一尺的猙獰大蜥蜴，蜥蜴迅猛龍似的滿屋狂奔，不時立定兩足張著大嘴做攻擊狀，這回我們沒一人敢用手或掃把弄去放生，當場兵分二路，一想法將之圍圈在餐桌牆角，另趕忙搬救兵——跑去辛亥國小找上課中的盟盟，還得

假裝凝重顏色對校警和老師說，家中突發緊急事故得要盟盟返家。

盟盟果然不負衆望，三兩下便徒手抓到迅猛龍後山放生去，好像那一一九隊員。

經此，我們決定忍耐幾次，不回應花生的物物交易，料想聰明如她，也許會改改這習慣。

花生聰明，卻沒聰明到能瞭解並接受我們一夕之間不再愛吃蜥蜴，她改打麻雀回來，打青蛙、打紅裙子大蚱蜢、打某鄰居家一圈抹了鹽酒待下鍋的生魷魠……，我們也傻了，有耐心的便好言相勸（因爲她極會高聲回嘴：「以前可以，現在爲什麼不行？」），因爲若壓低聲調告誡禁制她，她掉頭就跳窗躍上牆頭離家。

終至有一天，她發出怪異、又得意又警戒其他貓族狗族靠近的啊嗚啊嗚聲，聲震三樓，我們第一時間聞聲前往，滿室的甜腥味，餐桌下，一地的新鮮血……，從零亂殘餘的羽毛來看，是一隻鴿子！

（天啊！會是養賽鴿的鄰居家的百萬名鴿嗎？）

一起決定統一口徑冷處理，不勸她不罵她也不撫慰她，只定時餵飽她（雖然早明白她的飽足與否和獵捕天性毫無關係），冀望我們回到很多人家人與動物的「正常關係」，冀望她不要那麼在意我們（在意我們到底愛吃蜥蜴還是鴿子），冀望她能明白自己是一隻貓，屬於貓族。

起初花生仍不死心，擇家中人來人往要道蹲踞（通常是餐桌和客廳間的長沙發椅背），不斷逢人申訴為何我們便片面毀約，

不再繼續不是一直既好玩又好吃的交易遊戲嗎？她說的清楚有理，我們答不出話，或此中有好心人兩手一攤無奈的回她一句：「（貓餅乾）沒有囉。」啊她尖聲打斷簡直掩耳不願聞。

再後來，她也不回嘴了，負傷的神情負

傷的身影跳窗出走。

貓口衆多，耳根清靜了一陣才發覺花生已兩天沒回。且不說我們如何四下找尋呼喊她，一星期後，後山社區的大廈警衛知道我們在找貓，告訴我們前日地下停車場的垃圾收集站發現一隻死貓，因沒有外傷，看不出中毒或車禍。我們問外形花色（因爲已經被清潔工當場當垃圾處理掉），大概確定是花生。

由於沒在現場目睹，並不像以往其他的貓狗傷逝那麼引人痛哭，只覺得非常非常惆悵，彷彿呼之欲出的某些歷史故事中的英雄豪傑，也彷彿文學作品中的某人物，冰雪聰明心性孤傲卻是最狼狽不堪的收場。

花生王朝結束，如同古埃及唯一的女法老哈特雪普蘇德王朝的不

再，是我們與貓狗共處多年唯一的母王朝時代，然我再再禁制自己想，花生是餓到自己去垃圾堆中覓食嗎？她如何不願多走兩步路回家？如何再不願向喜怒無常神經病沒個準的主人（她一定這樣想！）手中討口飯？……

母貓族和公貓族對人的感情是非常不同的，兩種我都非常傾心，無可揀擇。

公貓無論年紀通常一旦確認你對他是無害的，甚至是可以提供他食宿的，就把整顆心整個身體交給你，絕不遜於一個男子在盛年愛戀時對你所做的；母貓族則可能是必須養育後代的強烈責任感使她顯得保守謹慎多了，她時時刻刻暗暗替你打分數，並相對釋出等量的信任和感情，我從來不曾得到任何一隻母貓像公貓那樣的攤著肚皮及要害睡癱在膝上任人擺布，但有誰會像一隻對你動了感情的母貓族那樣不作聲的遠遠凝視你，瞳孔滿滿的，誰會像她至多蹭蹭你的腳踝（你專心在做事的話甚至不察覺呢），那肢體語言翻譯成人語意即：「你是我的，你是我的……」

確實，她藉此把她口鼻鬍鬚根的腺體標記在你的身上，宣示著，那是她的領土別人的禁地——至少，我從沒有在任一人族的口中聽過比這還動人還深情款款還眞心的話語。

但話說回來，要說眞正的好獵人，絕對是須撫育餵養貓仔仔的母貓們，無論她當過媽媽或結紮過與否。

花生之後，公認是納莉。

納莉是納莉颱風前夕人家扔來的小野貓，小到性器不明，但我們不須藉此就知道她是小女生，通常這樣的虎斑灰狸貓，幼時圓臉的是公貓（長大了通常極傻），尖臉的是母貓，正如同黃虎斑白腹貓，九成是公貓，三色玳瑁貓，九成九九是母貓（據說至今唯一出現過的公貓日本人已將之製成標本），黃虎斑九成是公的，黑貓應該是五五波，但我們碰過的只有一隻是母的，灰狸背白腹和黑白花的亦公母各半……，純粹是多年與貓相處之經驗。

納納，納莉的小名，納納從小就不近大貓，也不理狗族。白日不回家，在我們與後鄰超市之間的綠帶隙地遊蕩，晚上喊回來吃完飯又掉頭走人不見蹤影，一度我們以為終會失去她。

後來與超市潘老闆說起，才知道原來納納天天與他們放野養在綠地一隻名叫「三杯兔」的大黃胖兔廝混一處（顧名思義，是潘老闆從友人口中搶救下來的），那潘老闆與動物（包括他自己不滿三歲的一子一女）相處方式和我們頗近似，小孩不上超市隔壁的

美語幼兒園，天天赤足曬太陽尾隨父親在有限的綠帶草叢抓蟲玩泥巴，潘老闆說，他每蹲在那兒蒔花培土，老覺有一對獵捕眼睛在盯他，後來發現是一隻藏身長草灌木中的小花貓（我們對了一下，確

定小花貓就是納納)，但納納打算獵捕的對象並不是他，是體積大自己三倍的三杯兔，那三杯兔成天只顧忙著挖地道誰都不理，包括三不五時箭矢一樣從牠背上躍過的納納，也不怕偶爾會跳騎到牠背上想法咬咽喉的納納。天黑潘老闆會把三杯兔收進鐵絲籠中，鐵籠不知原先做啥用的，其上有一層閣樓夾層空間，那納納不待邀請就自動住進去，三杯兔在樓下理毛，納納樓上也理毛，那眞是一段快樂純眞的伊甸園時光！

因爲不多久，潘老闆又收了朋友夜市打香腸贏來的一對小油雞，照例又不圈養牠們，對此，我們隱隱的心有惴惴乎。

便很快的那日來臨，我們非常清楚的聽到小雞的啁啾哭啼聲，就在耳下，就在屋裡！一干人拔腿尋聲前往，二樓的後陽台，納納與一隻小雞並肩坐在那裡，小雞並未受傷驚嚇，納納也只朝我們瞇覷兩眼（那與打呵欠這個肢體語言同樣，都是心情high到極致之後的必要淡然放鬆反應），個頭比小雞大不多少的納納，要不鬆不緊啣著叫不停又搧翅掙扎的小雞跑過綠地、躍過山溝、跳上屋院短牆、閃過聞聲前來關切或搶奪的其他貓族、沿壁走、縱上二樓……，略想像那過程那情景，佩服喝采都來不及，哪好責罵她，只默默的趕緊將小雞捧還給潘老闆。

如此每日至少要發生個一兩回，地點常換，有時是屋內（若窗開著的話），有時是三樓，小雞習慣了也不叫，因此發現時往往兩個一蹲一趴都在打盹。

某次潘老闆例行上門取雞，我記得駱以軍正巧在，從他張眼結舌

狀才覺得我們可能玩過頭了，便正經向潘老闆建議，或許該想辦法把小雞關起來保護一下吧。

潘老闆說，還是聽其自然吧，尊重自然生態，不約束小雞不約束貓。

……可是，可是在這「自然生態」中，我們的可是獵食者那方哪。

便有一日，一隻小雞再找不回了，不知是納納下了重手（那雞長得已比納納大了），還是煩我們屢屢拿走她的獵物而索性帶到遠些的後荒山怎麼的，我們和潘老闆找雞不著，互不怨怪也不道歉，都有些悵惘和懊惱。

沒有了小雞（潘老闆畢竟把倖存的那隻收進超市裡，與他二名小

兒一般赤足四下遊走），納納開始打我非常喜歡的小綠繡眼回來，小鳥不經驚嚇，未有外傷的睜眼死掉，納納不解的再再把它拋擲在空中，冀望它能重新展翅恢復方才遊戲中的狂野生命力，納納喉嚨發著奇怪（不解和不滿？）的聲響，我噤聲的一旁靜靜觀看，眞是爲她的野性著迷，決定不了該站在哪一邊，或該不該插手介入（有一兩次小鳥還活著），因此我恍然略有了悟──爲何每回我不忍多看「國家地理雜誌頻道」和「Discovery」，因爲每見食物鏈的任一方受苦，苦旱、受飢、被獵食或獵食失敗……，簡直覺得造

物的殘酷無聊透了，開這種惡意又難笑的玩笑也不厭煩——原來，原來他不過跟我一樣，不知道該不該插手，例如你愛的恰總是強者，而你打心底同情恨不得立即伸手改變命運的（無論是綠繡眼或人）恰又是弱者那方，因此時機延宕、蹉跎，往往我與那造物的一樣，眼睜睜的啥都沒做。

（其實盟盟說過，我最不能去當野生動物學者或自然攝影師，因爲「你一定會忍不住半夜偷偷抄起獵槍去打隻羚羊給那些受傷受餓的老小貓科吃，你一定會插手管的。」）

幸福的獵人納納，彷佛狩獵女神戴安娜，光采奪目的忙進忙出，從未

掉入花生那以物易物的窘況，她彷彿知道我們佩服她的好身手，她便以非常獵人風格的方式回報我們，一回唐諾照例趴在地板上看書，納納跳窗進來，啣了一物丟在唐諾面前正攤著的書頁上，是一隻同樣與唐諾嚇了一大跳四目瞪視還沒長毛的活生生小老鼠，納納一旁非洲草原優閒姿態躺著的一下一下拍著尾巴，意思再清楚不過：「喏，賞你的。」

唐諾謝過她，不動聲色輕攏上書頁，出門放生去。

相處到這個地步，便會有很多惆悵時刻發生，好比託了孤狠心出國，機上不經意的便開始喟歎，好可憐啊納納，你都不知道大冠鷲遨遊的天空是這樣的，飛行器是這樣的，美味的異國魚鮮是這樣的，還有所謂的好多好多的外國，無論如何你都不會知道世界是那

樣大……，與親愛的人不能分享同一種經驗、記憶、知識、心情（當然此中最劇烈的形式就是死亡吧），我不免覺得悲傷，也深感到一種與死亡無關卻如何都無法修彌的斷裂。

但我猜想，我得這樣猜想，她在我們這方圓不會超過半哩（母貓的活動領域較小）的綠帶、山坡、覆滿雜草的擋土牆的遊蕩，那星光下，那清涼微風的早晨，那衆鳥歸巢（因此多麼教人心搖神馳）的黃昏……，她花一兩小時甚至更多，蹲伏在長草叢中，兩眼無情如鷹，目標一隻靈巧機警的痲雀，或一隻閉目沉靜冷血入定的老樹蛙，以及千千百百種活物的抵抗逃竄方式……，她一定曾想，唉我那看似聰明什麼都懂的主人永遠不會知道這個樂趣，那微風夾帶多種訊息的穿過草尖，草尖沙沙刷過最細最敏感的腹毛，那光影每秒

鐘甚至更小刻度的變化，那百萬年來祖先們匯聚在熱血脈裡的聲聲召喚，那瞬間，時間不花時間（卡爾維諾說，故事中，時間不花時間），掌爪下的搐動，那管他什麼動物都同樣柔軟的咽喉，但不急咬不急咬斷牠……甲殼蟲如何支解，飛鳥如何齊齊的只剩飛羽尾羽和腳爪和頭……洗臉理毛，將那最後一滴鮮血深深揉進自己的腺體中……，那樣精密，那樣樂趣無窮，那樣探索不盡，啊我的主人她永遠不會知道。

我每每努力為想像中的細節不斷再再增補更多的小細節，唯其如此，才能平衡我們這一場人與野性獵人在城市相遇，注定既親密又疏離的宿命。

便也有好些個夜晚，無任何聲響預兆的我自睡夢中睜眼醒來，沒

有一次錯過黑暗中一雙獵食者的眼睛正從我床頭窗檯俯視我，那一刻她一定以爲自己是一頭滿洲虎，因爲她都不聽我的輕聲招呼：「納納。」她應聲躍起展開獵殺行動，啃、咬、蹬、踢、拖我的腿和手，把我當一頭好不容易給撂倒的大羚羊。

星辰下，潮聲裡，往事霸圖如夢。

少年時鍾愛的句子破窗尋來，我且將它慷慨的送給這些我所結識的城市獵人及其了不起的祖祖宗宗們。

當人遇見貓

這是一篇早在一年前就該寫的文章。

一年前此時，我正瘋狂的四下找尋走失的麻瓜，我先逐棟逐戶按遍屋後數棟十五層大樓公寓社區，從對講機詢問有沒有撿到一隻黃虎斑、閃電短尾的小公貓。

花了幾個晚上才問完所有住戶，絕望之餘，第一次拜託友人利用公器處理這貓狗小事，大春、玉蔻替我在他們的廣播節目中發聲，正益在他的網站、蘭芬在民生報……，那一段時日，熟不熟的人見面第一句都是；「麻瓜找到了嗎？」

「我女兒全班同學都在動員找麻瓜。」說這話的友人家住內湖，與我的木柵一北一南，於是我開始十分不安，認為占用了也許更該用來尋找失蹤小孩的管道——當然，對很多視貓狗如子女的人來說，此二者並沒什麼差別，對我而言……，複雜得多。

比方說除了麻瓜，其實家中同時另還有五隻貓九隻狗，多年下來，大約維持這數量——是我們生活品質容忍的極限，因爲無論季節晴雨，貓狗皆與我們共處一室——與其說是因爲喜歡而收養（或許早些年的確如此），不如說是因爲同情，路邊牆角被丟棄的凍餓著的生命的恐懼張皇的眼神，永遠比任何抱在懷裡、收拾打扮得像填充玩具的寵物必然匡鎯一聲擊動我心臟，腎上腺素急速升高，恨不能立即統統帶回家。

通常貓因爲輕靈不占空間，比較不需考慮太多，有那鄰人用垃圾袋裝來兩隻奶貓，說是以爲天花板上有窩老鼠，整理之下，發現是附近老母野貓生了窩小貓，我們若不要的話（他一隻大手握緊兩隻小貓），就要（折斷脖子？）當垃圾處理掉了喔。當然齊聲阻止並收留下，黃的叫金針、黑狸背的叫木耳；也有遛狗上山途中，山溝裡一隻濕淋淋的小死貓（前一天已經撿過一隻大約是牠兄弟的並帶回掩埋），不想到了家才發現尚未死透，只是失溫得厲害，接下去兩天便以手帕將他包成襁褓狀，誰在看書看報就傳給誰握暖著，因爲覺得只是盡盡人事大約救不回，沒有認眞取名，以色爲名叫黃咪；也有來時半大不小苦兒流浪髒得看不出毛色，就取名髒髒，一星期好吃好睡下來，當場改名「大白」，原來是一隻粉白美麗、看骨架肯定會長得超大的公貓；也有連貓帶箱子偷偷放在我們家門口，附上一包貓

餅乾和一紙條，上寫著「我叫Kiki」的黑成貓，養了七、八年，至死我們都不知道他的性別和年歲……

麻瓜也是這樣來的。暑假中，返校回家的鄰人小女孩完全不會抱貓的（單手握抓著貓肚皮），以致貓震天鬼叫的老遠一路上來，我們聞聲出門探看，穿著私立小學制服的小女孩說，學校傳達室的母貓生了四隻小貓，校工說若沒人要就得弄死當垃圾丟掉，小女孩和同學一人勉強帶一隻走，我們問她家裡可答應養，她說估計爸爸會在她明天去上才藝班時偷偷扔掉，所以拜託我們能收最好。

我們之所以猶豫好久，是覺得又有麻煩一場，因爲麻瓜看來已有三個月大，要與九隻狗彼此適應得花好大一番工夫和危險，通常來時是小奶貓的都可以得到狗族很錯亂的母性的照顧（包括大公狗）。

我們的擔心完全沒必要，麻瓜超級聰明健康，頭兩天沉靜的在沙發椅背高處目不轉睛觀察狗族，不再害怕也不盲動，且三兩下弄清居家內外的地形地物，知道哪扇門該用推的，哪扇又該用勾的，哪戶窗出去，跳上牆頭，繞過屋側長長的圍牆，就可在門前的桂花樹上假裝捉得到綠繡眼，一邊打量屋內的動靜，我每每在遙遠的餐桌這頭與他隔著重重阻隔四目對上（他的眼睛沉沉的，不帶感情的酷似他的滿洲虎大哥，也很像常上電視談話節目的聯合報記者高凌雲），他立即發出只有我一人聽得懂的貓言，說的是：「大羚羊大羚羊，麻煩出來一下。」我沒有一次不放下書報欣然前往，通常我推門到院子時，他已從樹巔下地等著了，以我當練習搏殺對象的展開他的早課。

我們且暗暗練就了幾套堪稱奇特的把戲，讓我誤以爲日後我們可以此走街賣藝。

麻瓜非常獨立，野性十足，並不與其他貓族廝混，也不給人抱，總總非常滿足我多年來想有隻老虎而不可得的夢想。我偏偏老不慎就愛上這樣的貓，毫無例外。

毫無例外的，一窩花色不一、尙無行動能力也無個性可言的奶貓，天文愛上的長大了總是健康稍有麻煩、黏答答、非常會說話與聽話的貓（儘管天文極力對每一隻貓狗公平，無論是餵食或照顧或情感）；盟盟愛的長大了都是獵豹體形，小頭長手長腳長身，吃得再多也瘦骨嶙峋（近乎《百年孤寂》中馬奎斯所描述的韃靼武士形貌），此外個個心眼小愛吃醋，在外是打通街的霸王，回了家「娘娘腔」十足；媽媽愛的長大全變成傻傻的大胖貓，圓臉圓眼，盡賴人抱，毫無自我；爸爸（還在時）是極力招呼那些較不會表達自己、較易被忽視的貓；唐諾極力不去喜歡任一隻貓狗，以便每隔一陣子有貓狗亡失事件發生時，可留他個活口冷靜鎮定撫慰其他人的哀傷淚水，也因此我才發現他其實是家中心腸最軟的人。

我愛上的貓，長大了便像狼一樣的獨來獨往，往往離家不知所終，毫無例外。

對此，我豈沒做過努力？尤其一到我最害怕的春天，便日日陷入掙扎到底要不要把門窗關上暫不讓他們自由出入。

春天的時候，先是滿樹喧囂的綠繡眼和白頭翁，然後出太陽的日子，高處便有大冠鷲優閒遼遠的笛哩笛哩聲，我應聲仰臉尋找，嚮往極了。往往我與坐在窗檯上望遠的貓肩並肩，偷偷打量他的側影（有那素鈴和我一樣喜歡看小土貓凸凸的側臉哩！），他們的眼睛或綠或黃或灰總之肅穆極了，看了膽怯起來，連不以爲有權利干涉他的天賦貓權，天人交戰的結果，總是打開窗子，隨他。

窗開著，並不是每一隻貓都愛出去冶遊，有那從不出門的，也有才出去十分鐘就一陣風回來，渾身發燙，心臟狂跳，瞳孔變得滿滿的。也有十天半月才回來

的，那肯定是哪家有隻貓美眉初長成。

當然近年我們都有爲家裡或附近混熟的流浪貓狗做結紮，一以便空著配額給那總也撿不完的小野貓；二是如此公貓才不致爲了求偶而跑得不知所終，回不了家。

是不是徹底的每一隻都送去做結紮，也煞費思量甚至辨證，但很弔詭的是，如此縝密的考慮結果往往與初衷恰好背反，比方說家居不喜外出的貓，較容易讓人下決心（因爲不在外打天下不那麼需要「雄風」），最教人爲難的是那每幾年總會出現的亞歷山大大帝成吉思汗類的大貓王，金針就是這款的貓，他個頭並不大，體型方方的似乳牛，卻英雄氣概極了，他成年才一季，就成了我們這個山坡好幾個新舊社區的貓族共主，這其中沒有一場戰役不是他親身打下的

（從他身上沒有一刻是沒有傷疤可見得）。我們佩服極他了，往往他離家一星期多返家，我們趕忙分頭找吃的、替他清洗包紮傷口、忍不住七嘴八舌追問他：「這次是哪樣的超級大美女，說來聽聽。」

我眞想聽貓大王這些天的冒險遭遇，我猜那位特洛伊海倫一定是隻三花玳瑁美女貓，這樣的貓，無一例外絕對是母的，圓臉圓眼東歐女子體操選手的身形，又聰明又獨立（或者這兩個特質其實互為孿生？）又好難追求，我若是公貓，一定同樣爲之傾狂的。

這樣成天在外開疆闢土撒種的針針，因爲我們歎服他的英雄氣魄和不忍干擾他強烈的天性，反倒逃過去勢一劫。

我早早察覺麻瓜的野性，便狠心做了結紮。但是春天照樣強烈吸引他，他每天在後院與大廈公寓間的野草隙地捕紋白蝶。一天多則捕個十來隻半死不死放我們腳前，他因此弄得花粉過敏猛打噴嚏，兩眼像點了散瞳劑似的瞳孔縮得針尖小。

他偶爾徹夜不歸，那夜我一定輕易被遠近的貓族淒厲高亢的打鬥示威聲給驚醒，努力分辨其中可有麻瓜的挨扁聲，往往聽得血脈僨張，想立即跳窗出去給添個幫手。白日，我們又都重新恢復正常，麻瓜推門而入，像狗族一樣不擇地的通道一倒，伸長手腳歇息，我們遙遙對望一眼，知道是指昨夜裡的事。

還有麻瓜愛尾隨我出門，行爲不像貓而像狗一樣的走在平地跟在

腳邊（通常再信任人的貓也只願平行走牆頭、車底或各種掩蔽物），麻瓜自不像狗族肯聽我勸告垂尾掃興返家，弄得我只好選牠在大睡時出門。有幾次早已經成功的離家好遠，正慶幸，突然路邊停車車頂洞聲巨響，麻瓜自人家圍牆牆頭空降而下，得意的把尾巴豎直成小旗桿也似，企想跟我去我要去的地方，如同夜間我極想知道他的去處，誰教我不分季節晴雨不分場合就只穿那鐵鞋一般的馬汀大夫鞋，如何輕聲躡足都必發出踢踏舞或佛萊明哥的足聲易於辨認追緝。

彷彿與時間賽跑，我祭出最原始的法寶，希冀以吃來留住他。只要我在家的時候，每隔幾小時總要望空喊他回來吃什麼都好，有時見他吃得起勁，便一旁趁機進言：「我看我們還是不要去當野貓的好是吧？」

青少年麻瓜被我餵得太胖了，他常常攤個花肚皮和狗族躺在太陽地裡懶洋洋，有人見了就出爛謎語：「有隻蟒蛇吞了隻兔子，猜猜是誰？」

我猜，麻瓜一定是有一天看看自己，悲哀爲何便髀肉早生，遂出走重當野貓去。

左想右想，這是我僅能想出的理由。

我實已介入他的生活過多過多。

理性的這樣勸慰自己，感情上，卻完全無法想像日後可能再看不到他一眼，而他明明就一定在我們這個山坡社區裡（我問過管理員、清潔隊員們，並沒看到死傷的貓狗），咫尺天涯，想來令人發

狂。我只能用最原始的方法，跑到山坡制高處朝整個山谷喊他（好像一頭母豹），愈喊愈相信他可能被某熱心人士收留了，給關在七樓八樓的公寓裡下不了地、回不了家。

其實一兩年前黑貓墨墨不見時已絕望過一次，那會兒我們沖洗了數十份墨墨的照片，天文執筆寫了（我以為誰看了都會掉淚的）尋貓啓事，連夜我們才貼到大廈社區的D棟，就發覺A棟的海報已被撕掉，貼妥中庭的遊樂設施，F棟的已被撕毀，我們貼電杆，被撕掉，貼小學門口，被撕掉，想貼里民布告欄，布告欄上鎖，裡面張貼的是誰也不會耐心看第二眼的政府公告。最後只有交好的一、二商家願意讓我們貼店門口。

整個社區、社會，對這樣的事，是很寒涼的。

但我猜想，一定也有人會想，有那麼多的失業人口、繳不起營養午餐費的學童、被棄養的老人……，甚至非洲、印度、阿富汗的飢童，類似我等這麼做（例如隨身攜帶貓餅乾，以防遇著受飢的野貓時很無力傷感），太婦人之仁、太小資產階級、太何不食肉糜，正如同相對的我也常不解，只要街頭一天還有流浪貓狗，「流浪動物之家」、環保局動物收容所狗滿爲患，爲何會有人去寵物店買狗買貓？

面對前者的質疑——包括有一派的動物學者（台大費昌勇教授？）主張以較「理性」、「肅殺」的態度方式來徹底結束一代流浪犬的社會問題——我甚至是有意的讓自己小仁小義不堅硬起心腸，因爲，我害怕（不管是基於任何的考慮或主張或論理）若自己一旦對日日觸目所及的弱小都不能感同其情，如何能對更遙遠更抽象的貧窮、飢餓、幼童能心動心軟並付諸行動？

這麼做——看著素昧平生的流浪貓狗不知有沒有下一頓的狼吞虎嚥一餐，一來藉此我把自己的心養得軟軟的、燙燙的、火紅的，像豐子愷說其幼子，「我家的三歲的瞻瞻的心，連一層紗布都不包，我看見常是赤裸裸而鮮紅的。」二來但願這些倒楣透頂生在我們島國的貓狗能在他們生命中有限的和人的接觸中，至少，至少有那麼一次，是溫暖的，和善的。

關於後者（我激進的以爲凡街頭還

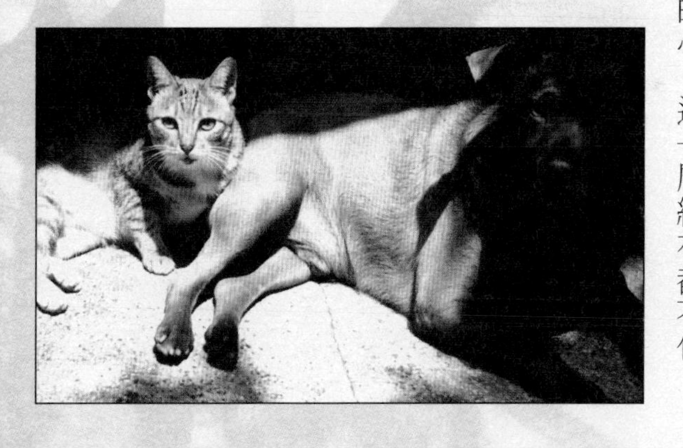

有流浪貓狗，就不該去寵物店云云），確實我常常刻意不加入愛貓愛狗族的友人的聊天話題，例如你兒子狗專愛吃哪家進口牌子的罐頭或起司，我貓女兒只吃每天早晨去傳統市場的鮮魚攤買回的現殺現煮活魚云云，我甚至很不禮貌的不怎麼搭理他們的貓狗兒女，一來以爲他們得到的感情照護資源已太多，無需錦上添花，二也覺得私人領域的如何寵溺深情是個人的自由，但放在公共領域就不免忧目驚心，甚至會給那些不瞭解動物或原就不打算瞭解動物的人們正當的理由和藉口。（你看，貓狗待遇比我們普通人都好，所以哪還需要我們去關懷去同情？）

因此我們常常極不通人情的拒絕識與不識的人的請託，收養他們因出國、搬家、結婚、有了新生兒所以不能再養的貓或狗。我總不

相信他們曾經能養、曾經有感情，何以不能繼續下去。友人通常試圖說服我們：「可是牠好可愛好聰明，是什麼什麼哪種哪種狗耶（某個大名牌血統）。」我們更不爲所動的回答：「那一定更有別人願意收養了，我們家若是小小的流浪動物之家，也是給那些肯定沒人要、叫不出名號的貓咪狗狗待的。」

那些被車撞跛了腳的、脖子上緊纏捕狗鐵絲的、中國人以爲不吉利的白四腳的、醫生宣布束手治不好的皮膚病頑疾的、那些眞的醜巴巴的、那些照眼就知是新被主人棄養街頭的喪家之犬……

那些受損傷的和被羞辱的……

便也有麻瓜出走半年後的颱風前夕，同一個小女孩又從學校抓了一隻灰色虎斑小狸貓打算偷偷塞進我們信箱就跑人，終究小貓的尖

聲哭叫引得我們出門探看，我們給她取名納莉（颱風），小名納納，一個月後，納莉升格做姊姊，來了一隻更小的白腹黃背小公貓，取名APEC，是鄰居改建老屋工人在冷氣口抓來的，APEC果又是天文會愛上的那種哭兮兮、愛告狀的跟屁蟲，小名哭包頭。

納莉年紀小小，眼神好似老虎，我偷偷喊她麻瓜妹妹，因爲她所有行爲模式與麻瓜一模一樣，野歸野，但因爲是女生，春天過了一半，窗戶開著（又一場天人交戰），她並沒有打算出走的跡象。

我心存感激，感激這些如此狂野獨行的獵人們，願意不時與我暫處同一個屋簷下。

貓爸爸

貓爸爸讀音「卯霸吧」或「貓疤疤」或「貓把拔」，不這麼說明，文章無法進行。

緣此，大概可知道貓爸爸並非一般的泛稱，而是指特特定定的那麼一隻貓。這隻大公貓，如同我所結識的大部分城市流浪貓，生年不詳，卻比眾多生靈（包括人）要在我們的某段生活中留下深深的印痕。

有貓爸爸，那一定也有貓媽媽、貓小孩嘍，沒錯，事實上，整個家族中的貓爸爸是我們最晚認得的。

最早是貓媽媽（音卯罵馬或貓馬麻）。

每每以爲整個山坡的貓口已被我們控制妥了（家中的、附近流浪的，皆被拐去結紮），就不知哪天坡底巷口出現一隻苗條的三花玳

瑁美女貓，她常專注坐在愛釣魚的鄰長家門口看他們大門敞著院子裡殺活魚，不時分得一些魚肚腸，因此不怎麼熱中我們餵食她的貓餅乾。她照例（依她的花色）不怕人也不黏人，既獨立又聰明，因此稍一疏忽，見她什麼時候肥了身軀漲了奶幫子，結紮，已來不及了。

那個暑假才開始，貓媽媽一連不見幾日，猜想是生養去了。再出現的時候，在某戶長滿鴨跖草的一樓雨棚上，過往鄰人都見得到，計有奶貓四隻，一隻是貓媽媽翻版的三花玳瑁，我們叫她貓妹妹，另是兄弟仨，黃虎斑二，黃背白腹一。海盟心裡排一排大小XY，推算奶貓爸爸是隻黃虎斑白腹，我們只奇怪著記憶中附近並沒見過這號公貓。

貓媽媽依其本能不斷搬家，不過搬來搬去無非這家二樓陽台到那家冷氣上，那家門台到另家的違建物頂上……，整巷子的人其實都盡看在眼底。

貓媽媽開始積極接受我們餵食，我們給她增加魚罐頭或高湯撈起的雞胸肉，知道仔貓光靠母奶不夠，已到需要媽媽嘔食的時候了。

一回路邊餵食貓媽媽，也不知哪裡傳來比烏鴉要囂張放肆的呱呱聲，細聽更像木柵動物園鳥園中的鸚鵡們所發的繁複腔口，尋聲找了半天，路邊停車車底一隻大頭瘦身、沒有顏色的大貓，正朝埋頭苦吃的貓媽媽發出告誡，說的是，「你這個女人啊只管吃，吃的是什麼毒死你喲！」

啊，原來是傳說中的貓爸爸。

從此我們多準備一份食物給貓爸爸，貓爸爸半點不客氣的大方享用，我們偷偷猜，也許當初他警告貓媽媽的是「別只顧吃啊你這女人，留兩口給我吧。」

貓爸爸才吃一星期，再加上有暇有心情理毛，眞的原來是隻黃虎斑白腹頸的俊美大公貓，他的頭臉眞大，兩腮幫有著典型混種公貓會有的嗉囊，因此整個臉呈橫橢圓，他的眼睛是綠豆色，會上下打量人，而且，啊，而且他不畏人言的好撒嬌，竟然在馬路當央翻滾著，亮個肚皮邀我們搔搔摸摸，我們互望一眼忍住笑出聲，怕他發火，又且乾脆超過進度的一把將他抱起來（通常結識一隻城市流浪

貓從定點定時餵食，到可以接近、可以觸摸，快則數週，慢常經年不可得），從沒被人抱過的貓爸爸，身子硬硬的，兩爪規矩的搭人肩上正襟危坐，害臊得任誰都看得出，臉紅了。

整個夏天，貓爸爸盡職的陪貓媽媽育兒，雖然在我們看來他能做的其實不多，比較多時是代貓家族謝謝前來餵食的鄰人們。小貓們卻被聰明機靈的貓媽媽教得太好了，難以接近，只每聽我們搖著裝貓餅乾的茶葉罐的喳啦喳啦彷彿求籤筒的聲響，便既興奮又害羞的跑出來，其中膽小的貓妹妹總遠遠在貓隊伍最末的坐在牆頭樹蔭裡，即便如此，也看得出她克麗奧佩特拉的絕世雙瞳。

貓媽媽仍搬家搬不停，除了安全感的原因外，我們漸已能接受那其實是在執行自然淘汰的一種篩選方式，這在缺乏穩定食物來源和

安身之所的流浪貓尤其明顯，她勢必得將有限資源集中給那嚴選之後最強最有機會長大的那一、二隻，放棄那不經折騰的、那不能適應新環境的、那跟不緊媽媽腳蹤的、那先天病弱損傷的……。多年來，理性上我們可以接受，（連那造物的和做母親的都硬得起心腸！）忍住不插手不介入，但，眞遇到了，路旁車底下的喵喵嗚咽聲，那與一隻老鼠差不多大，在夜市垃圾堆裡尋嗅覓食的身影，那打直著尾巴不顧一切放聲大哭叫喊媽媽的暗巷角落的剪影……，看到了就是看到了，無法袖手。

在我們能接觸並抓到貓小孩前，一場颱風加幾日的失聯狀態，貓媽媽再出現在巷子人家時，尾隨的竟只剩下最謹愼膽小的貓妹妹了。但我們的悲傷和注意力很快就褪去和被取代，一切只因爲貓爸爸。貓爸爸這一陣子陪坐月子兼休生養息，頭臉四肢打架的傷疤落盡，黃虎斑竟呈亮橘色，隨著貓媽媽育兒責任減輕，夫妻倆常躺在巷口亂草隙地曬太陽，與貓共處多年（至今我仍說不出養貓二字），並不多見貓族清楚固定的一夫一妻制，但貓爸爸非常著迷貓媽媽，常常望之不盡，上前蹭蹭，貓媽媽一個巴掌搧開，不領情極了。

貓爸爸也非常愛我們，他這款的黃背白腹貓，話特多（我們的獸醫朋友吳醫師也說這毛色的貓很吵），他每每閒來無事送往迎來，我邊走邊聊陪我們走到辛亥路邊的公車站牌，或相反陪我們回家。我有時告訴他：「貓爸爸，又熬過一天啦。」這類話，通常誰我都不說的。貓爸爸與我們說話的聲音與對貓族絕不同，他且知曉我們家

貓多狗更多，快到門口便留步，站在路那一岸望著我取鑰匙開門，說聲：「那，告辭啦。」

臨進門，我偷偷回頭，看他緩步走下山坡巷道，都不像其他貓族走牆頭或車底，他昂首優閒走在路中央，瀟灑自在（抽著菸？），我一時想不出有哪個人族男性比他要風度翩翩。

於是我們又掉入了一個難局中，到底要

不要把貓爸爸送去結紮？

因爲這期間，我們發現貓爸爸仍不時去探訪他王國裡散居各處的後宮佳麗們，且他的領域驚人的廣，有次出門路上碰到正也要出發辦事的貓爸爸，匆匆寒暄互道一句「快去快回」，便各走各的。才健步走到捷運站旁的廢料行修車廠，當頭傳來一聲獰猛的公貓示威恫嚇聲，我懷疑的朝屋頂試叫：「貓爸爸？」他應聲探頭俯看我，也吃驚極了，立即換成我熟悉的溫和人語：「哎呀怎麼是你？」我明知不可能的好言勸他：「貓爸爸算了別打了，回去吧。」

海盟說，貓爸爸管的比我們興昌里里長的轄區還大。我們非常驚服他那精采極了的生涯，不忍殺其雄風（總是這樣，家居、馴良的公貓不需掙扎就送去結紮，開疆闢土四處撒種的反而煞費思量甚至

逃過一劫），只好先料理貓媽媽和漸長成的貓妹妹。

若說貓爸爸是里長伯，貓媽媽就是鄰長了。貓媽媽也巷口巷尾送往迎來，聞風前來探訪母女的公貓包括我們家的，全被貓媽媽打跑淨空，但我們好高興有她可與妹妹作伴，膽小的妹妹，進步到可蹲踞牆頭接受我們的目光和叫喚而不逃跑，她的眼睛幼時美絕了，大些卻因未開化顯得閃神、少一竅。我們共同覺得她是馬奎斯《百年孤寂》裡那名絕世但秀斗的美女「美人兒」，早晚會抓著一張白被單乘風升天絕塵而去。

畢竟趕著貓媽媽發情前，我們把母女送去結紮，並要求讓她們多住兩天院，直到麻醉、傷口恢復無恙，擔心接回來原地放生會把妹妹嚇得不知逃哪兒去。

接回來的結果大大出我們意料，妹妹出了貓籠直繞著我們腳畔不肯走，我們竟得以第一次摸她（她的毛皮好像兔毛哇！），貓媽媽大不同，一出籠就氣跑，跳到某家雨棚上專心理毛，理都不理我們。

貓媽媽的氣生好久，而且禍延妹妹，她開始會呵斥甚至掌摑前去撒嬌的妹妹，她且擅自畫出領域，一人半條巷子，不准妹妹越界。

貓媽媽繼續對我們不理睬，我們定點餵食，她意興闌珊的並不如以往欣然立即前來享用，而且貓媽媽變得懶懶的、木木的，更常愣愣坐在馬路中央看那家人殺魚，她變得好胖，不再有當媽媽前，甚至哺乳期時都還有的苗條腰身矯捷身姿，我偶爾迎面遇到她，心虛（想想我們對她做了什麼?!）因此加倍熱情的喊她：「貓馬麻。」

我又照例後悔剝奪掉她那最強烈的生命原動力，這漫漫無大事可做的貓生，可要如何打發度過？

妹妹也一樣，整天亂草叢中抓抓蚱蜢、紋白蝶，晚上路燈下金龜子或蟑螂，要不牆頭呆坐，眼睛斜斜的，愈發傻了。

我打心底深深的抱歉。

這期間，貓爸爸時而失蹤十天半個月，出現的時候，往往大頭臉上傷痕累累，身子瘦一圈，毛色又失去顏色，就是他，貓爸爸，我和天文在野地上幫他清理傷口、餵營養的，邊異口同聲問他：「貓爸爸，這次是哪家的大美女，長什麼樣，說來聽聽吧。」我還眞想知道他這不時的經歷，開疆闢土、王位保衛、尋求絕世美女、返鄉……，彷彿一則一則的希臘神話，現實的人生中，我也一時找不出有我知道的什麼人活得那樣精采。

如此兩年。

這中間，侯孝賢導演替中國信託拍企業形象廣告，本打算拍一高階白領爸爸下班途中與小女兒餵流浪貓的故事，便擇某個好天氣到巷口拍了貓爸爸一家子，貓家三口大派得很，絲毫未被大隊人馬器材給嚇到，此構想後來雖未被客戶接受用上，但，至今他們都留在侯導的片庫中。這，太重要了。

因爲這之後沒太久，貓媽媽再不見了。

通常母貓沒有理由離開自己的領域，我們默契極佳的假裝沒這回事，絕不冒失的自問問人：「奇怪這貓媽媽到底哪裡去了？」（這份長長的失蹤名單包括大Toro、花臉、破爛貓等等）絕不亂想，絕不問巷口鄰家或清掃巷道的清潔人員是否有毒死或車禍死的貓（這通常是城市流浪貓最常的下場）。

早就形同失去媽媽的貓妹妹愈發黏人，往往對我們的餵食看也不看，只要求人抱，我們誰有空就路邊蹲下抱她個十分鐘，她比家貓還撒嬌，打著呼嚕，不時從懷中仰臉仔細端詳人臉，忍不住時就上前輕咬人下巴。貓妹妹只要愛情不要麵包，但我們並不試圖收她進家，因為成貓，尤其謹慎膽小的母貓，是無法克服天性本能踏進一個有十條狗的人家的。

冬天時，某場戰役結束返鄉的貓爸爸，竟至我們家門口張望叫喚，他喚天文時特有一種溫柔的口氣嗓音，他說：「美人啊，又要麻煩你啦。」我一直覺得他根本把天文也看做他後宮佳麗中的一名，我們對站在門口老不走的貓爸爸說：「可是我們家有好多狗喔。」貓爸爸一反過往，打定主意要進我們家，他像個意志堅定到無恥的魔羯座，好整以暇花了數天時間先在我們牆頭門台蹲蹲（於是我們家的貓族包括貓王大白就都只好接受他為僭主），又在走廊廢紙箱上睡一兩夜（於是死對頭狗族們習慣了他的氣味未覺出他是外來者）。終至某個黃昏，一陣冷風盪開紗門，貓爸爸進得屋來，四下打量著（這是他第一次看到人族的居處），半點未露大驚小怪的神色，因此狗族不驚，貓兒們安睡，在客廳看書並目睹的一、二人族大氣不敢出一聲，貓爸爸施一禮（人族某如此堅持描述），熟門熟路選了一張沙發跳上去，呼呼展開一場時鐘轉了整整一圈的好睡，好像他生來就在這屋裡，一輩子都在這屋裡。

成了有家可歸的半家居貓，貓爸爸仍不時得聽任血液裡的召喚出巡。他偶爾坐在窗檯望空出神，一陣多訊息的風湧進，光看他的背影也知道他好難決

定要不要出門，於是我們給中性的意見：「不然快去快回卯霸吧。」

貓爸爸考慮著，幾次像《百年孤寂》雙胞胎中的奧里瑞亞諾・席岡多一樣決定不了要不要去情婦家，他最後看看天色說：「等雨停吧。」

結果那場好雨一下就整整下了四年十一個月零兩天。

貓爸爸說，等天暖吧。

天暖的某冬夜，天空晴得很，貓族又大遊行去了。

這一直是我極好奇的，至今找不出頻率，也歸納不出是什麼樣的環境條件（例如天候或月亮盈缺）……，久久總有那樣的一夜，家裡的、外頭的、膽大膽小的、野性或馴良的、公的母的……，一陣風的全不見，徹夜不歸。我們暗自納罕著，猜測著，我堅持是貓神

出遊或貓大王娶親，後山的野地裡，月光魔力如磁場，所有家貓流浪貓宛如星辰一般平等，沒有飢餓，沒有磨難，沒有存活人族世界中的卑辱……，那樣的夜裡，我多希望我也擁有無聲避震的肉掌墊、跳躍起來有如飛鼠的矯健身姿、不帶感情的夜視雙眼，以及我羨慕透頂不分公母貓皆有的精神獰猛的長鬍鬚，我將可以第一時間尾隨動作最慢的大胖貝斯，跟蹤至月光會場，證實我的猜測。

因爲處女座較實際的天文說，那大多是氣壓低的夜晚，百蟲出洞，他們原先追獵一隻蟑螂、壁虎出窗，出陽台，越過擋土短牆走走到盡頭，或朝右跳上丁家的圍牆或左往徐家的違建屋頂，最後不是在社區警衛亭前隙地上蹲蹲，就是在陳媽媽家門柱上傻坐一夜。

早春天候又轉冷那日，貓爸爸縮短出遊時間提早好幾天返家，驚喜之餘，發現他未有外傷卻全身帕金森症似的抖晃不停，我們把貓爸爸送至吳醫師處，吳醫師建議先給支持性治療再慢慢觀察，我們也希望他藉此好好休養免得回家又去尋訪美女。

這一住，就半個月，接回家，是因爲吳醫師說：「我看他需要的不是醫院，是養老院。」又說，貓爸爸當貓王的時日不長了。

醫院回來的貓爸爸，出了貓籠，認出是我們家，抬頭望望我和天文，眼裡的意思再清楚不過，因爲我們都異口同聲回答：「沒問題，就在我們這兒養老吧，歡迎歡迎。」

貓爸爸的眼睛多了一層霧藍色，是我熟悉尊敬的兩名長者晚年時溫暖而複雜的眼睛。

那最後的幾日，我們幫他在沙發上安置了一個溫軟的鋪位，但他

極講尊嚴的堅持下地大小便，尿的是血尿，吳醫師說貓爸爸的內臟器官從腎臟帶頭差不多都衰竭了，這我們不意外，有誰像他這樣一生當好幾世用。他時而昏睡時而清醒，看看周圍，人貓狗如常，我們就喚他貓爸爸，貓爸爸總拍打尾巴回應，眼睛笑笑的，不多說什麼。

最終的那日，二〇〇三年四月四日，全家除了天文正巧全不在，天文坐在他身旁看書，不時摸摸他喚喚他名字，於是他撐著坐起來，彷彿舒服的伸個大懶腰，長吁一口氣，就此結束了我們簡直想不出人族中哪一位有他精采豐富的一生。

所以，不准哭！

貓爸爸不在，彷彿角頭大哥入獄，小弟們紛紛冒出頭爭地盤，山

坡巷子裡，幾場惡戰後，出現兩隻一看就是貓爸爸兒子們的分占山坡上下段，他們好似《百年孤寂》中老上校散落各地、額上有著火灰十字印記的兒子們，兩皆黃虎斑白腹、綠眼睛、大頭臉、太愛用講的以致打鬥技術不佳的時時傷痕累累，太像了，只好以外觀特徵爲名，一隻叫（三）腳貓，一叫（短）尾黃。

我仍有空的話每天路邊抱抱貓妹妹，短暫的庇佑她，給她些些人族的愛情和溫暖，這是我唯一能爲貓爸爸家族所做的了。

李家寶

李家寶是隻白面白腹灰狸背的吊睛小貓，之所以有名有姓，是因爲他來自妹妹的好朋友李家，家寶是妹妹給取的名兒，由於身分別於街頭流浪到家裡的野貓狗，便都連名帶姓叫喚他。

李家寶剛來時才斷奶，才見妹妹又抱隻貓進門我便痛喊起來，家裡已足有半打狗三隻兔兒和一打多的貓咪！我早過了天眞爛漫的年紀，寧愛清潔有條理的家居而早疏淡了與貓狗的廝混，因此一眼都不看李家寶，哪怕是連爸爸也誇從未見過如此粉妝玉琢的貓兒。

有了姓的貓竟眞不比尋常，不知什麼時候開始，他像顆花生米似的時常蜷臥在我手掌上，再大一點年紀，會連爬帶躍的蹲在我肩頭，不管我讀書寫稿或行走做事，他皆安居落戶似的盤穩在我肩上。天冷的時候，長尾巴還可繞著我脖子正好一圈，完全就像貴婦

人大衣領口鑲的整隻狐皮。

如此人貓共過了一冬，我還不及懊惱怎麼就不知不覺被牠訛上了，只忙不迭逢人介紹家寶的與衆不同。家寶短臉尖下巴，兩隻湊燐大眼橄欖青色，眼以下的臉部連同腹部和四肢的毛色一般，是純白色，家裡也有純白的波斯貓，再白的毛一到家寶面前皆失色，人家的白是粉白，家寶則是微近透明的瓷白。

春天的時候，家中兩三隻美麗的母貓發情，惹得全家公貓和鄰貓皆日夜爲之傾狂，只有家寶全不動心依然與人爲伍，爲此我很暗以他的未爲動物身所役爲異。再是夏天的時候，他只要不在我肩頭，就高高蹲踞在我們客廳大門上的搖窗窗檯上，冷眼優閒的俯視一地的人貓狗，我偶一抬頭，四目交接，他便會迅速的拍打一陣尾巴，如同我與知心的朋友屢屢在鬧嚷嚷的人群中默契的遙遙一笑。

家寶這些行徑果然也引起家中其他人的稱歎，有說他像個念佛吃素的小沙彌，也有說寶玉若投胎做貓就一定是家寶這副俊模樣。我則是不知不覺漸把家寶當作我的白貓王子了。

曾經在感情極度失意的一段日子裡，愈發變得與家寶相依為命，直到有一天妹妹突然發現，問我怎麼近來所寫的小說散文乃至劇本裡的貓狗小孩皆叫家寶，妹妹且笑說日後若有人無聊起來要研究這時期的作品，定會以此大作文章，以為家寶二字其中必有若何象徵意義。我聞言不禁心中一慟，永遠不會有人知道，僅僅是一個寂寞的女孩子，滿心盼望一覺醒來家寶就似童話故事裡一夜由青蛙變成的王子，家寶是男孩子的話，一定待我極好的。

這之後不久，朋友武藏家中突生變故，他是飛F－5E的現役空官，新買的一隻俄國獵狼犬乏人照顧，便轉送給我們了。狗送來的前一日，我和妹妹約定誰先看到他誰就可以當他的媽媽。是我先看到的，便做了小狗「托托」的娘。托托剛來時只一個多月，體重五公斤，養到一年後的現在足足有四十公斤，這多出來的三十五公斤幾乎正好是我的零食和買花的零用錢，而耗費的時間心力更難計算。

自然托托的這一來，以前和家寶相處的時間完全被取代。由於家裡不只一次發現家寶常背地裡打托托耳光，不得不鄭重告訴家寶，托托是娃娃，凡事要先讓娃娃的。家寶只高興我許久沒再與他說話了，連忙一躍上我的肩，熟練到我隨口問：「家寶尾巴巴呢？」他便迅速拍打一陣尾巴，我和他已許久沒玩這些了而他居然都還記得，我暗暗覺得難過，但是並沒有因此重新對待家寶如前。

家寶仍然獨來獨往不理其他貓咪，終日獨自盤臥在窗檯上，我偶爾也隨家人斥他一句：「孤僻！」眞正想對牠說的心底話是：現在是什麼樣的世情，能讓我全心而終相待的人實沒幾個，何況是貓兒更妄想奢求，你若眞是隻聰明的貓兒就該早明白才是。

但是只要客人來的時候，不免應觀衆要求表演一番，我拍拍肩頭，他便一縱身躍上我肩頭，從來沒有一次不順從我，衆人嘖嘖稱奇聲中，我反因此暗生悲涼，李家寶李家寶，你若眞是隻有骨氣的貓兒，就不當再理我再聽我使喚的！可是家寶仍然一如往昔，只除了有時跟托托玩打一陣，不經意跟他一照面，他兩隻大眼在那兒不知凝視了我多久，讓我隱隱生懼。

家寶漸不像以前那樣愛乾淨勤洗臉了，他的嘴裡似乎受了傷，時有痛狀，不准人摸他的鬍子和下巴一帶，因此鼻下生了些黑垢，但就是如此，家寶仍舊非常好看，像是很有風度修養的紳士唇上蓄髭似的，竟博得「小國父」的綽號。而我並沒有注意到他的日益消瘦。

元宵晚上家中宴客，商禽叔叔的小女兒奴奴整晚上皆

貓不釋手，自然我也表演了和家寶的跳肩絕技，奴奴見了自是抱著家寶喜歡得不知怎麼好，妹妹遂建議把家寶送給奴奴，反正家寶是最親人且尤需人寵惜的，現在遭我冷落，不如給會全心疼他的奴奴好，我想想也有道理，一來見奴奴果眞是眞正愛貓，非如其他小孩的好玩沒常性，二來趁此把長久以來的心虛愧歉作一了斷，至於家寶的要生離此——到底是貓啊！此一去有吃有住，斷不會如人的重情惜意難割捨吧，便答應了奴奴。

臨走找裝貓的紙箱繩子，家寶已經覺得不對，回頭一眼便看到躲在人堆最後面的我，匆亂中那樣平靜無情緒的一眼，我慌忙逃到後院痛哭一場。

忍到第二天我才催媽媽打電話問問家寶情況，回說是剛到的頭天晚上滿屋子走著喵喵叫不休。現在大概是累了，也會歇在奴奴和姊姊肩上伴讀。我強忍聽畢又跑到院子大哭一場，解貓語若我，怎麼會不知道家寶滿屋子在問些什麼呢。

一星期後，商禽叔叔阿姨把家寶帶回，說家寶到後幾天不肯吃飯。我又驚又喜的把紙箱子打開，家寶已不再是家寶了，瘦髒得不成形狀，我餵他牛奶替他生火取暖擦身子，他只一意的走到屋外去，那時外面下著冷雨，他便坐在冰濕的雨地裡，任我怎麼喚他他都恍若未聞，我望著他呆坐的背影，知道這幾天裡他是如何的心如死灰形如槁木了，不錯，他只是隻不會思不會想的貓，可是我對他做下無可彌補的傷害則是不容置疑的。

由於家寶回到家來仍不飲食且嘴裡溢出膿血，我們忙找了相熟的

幾位台大獸醫系的實習小大夫來檢查，說家寶以前牙床被魚刺扎傷一直沒痊癒且隱有發炎，至於這次爲什麼突然會惡化到整個口腔連食道都潰爛，他們也不明白。

原因，當然只有我一人清楚的。

此後的一段日子，我天天照醫師指示替家寶清洗口腔和灌服藥劑牛奶，家寶也曾經有回復的跡象。但是那一天晚上天氣太冷，我特別灌了一個熱水袋放在他窩裡，陪著他，摸了他好一會兒，他瘦垮得像個故障破爛了的玩具，我當下知道他可能過不了今晚，但也不激動悲傷，只替他擺放好一個最平穩舒適的睡姿，輕輕叫喚他各種以前我常叫的綽號暱稱，有時我叫得切，他就強撐起頭來看看我，眼睛已撐不圓了，我問他：「尾巴巴呢？」他的尾巴尖微弱的輕晃

幾下，他病到這個地步仍然不忘掉我們共同的這老把戲，我想他體力有一丁點可能的話，他一定會再一次爬上我的肩頭的，重要的是，他用這個方式告訴我已經不介意我對他的種種了，他是如此有情有義有骨氣的貓兒。

次日清晨，我在睡夢中清楚聽到媽媽在樓下溫和的輕語：「李家寶最乖，婆婆最喜歡你了噢……」我知道家寶還沒死，在撐著想見我最後一面，我不明白為什麼不願下樓，倒頭又迷濛了一陣，才起身下去，家寶已不在窩裡，摸摸熱水袋，還好仍暖，家寶這一夜並沒受凍。

我尋到後院，見媽媽正在桃樹下掘洞，家寶放在廊下的洗衣機上，我過去摸他、端詳他，他還暖軟的，但姿勢是我昨晚替他擺的，家寶眼睛沒闔上，半露著橄欖青色的眼珠，我沒有太多死別的經驗，我只很想摸暖他，湊在他耳邊柔聲告訴他：「家寶貓乖，我一直最喜歡寶貓，你放心。」便去撥他的眼皮，就闔上了，是一副乖貓咪的睡相，他的嘴巴後來已被我快醫好了，很乾淨潔白，又回到他初來我們家時的傻模樣，可是，我醫好了他的傷口，卻不知把他的心弄成如何破爛不堪。

家寶埋在桃花樹下，那時還未到清明，風一吹，花瓣便隨我眼淚閃閃而落。現在已濃蔭遮天，一樹的桃兒尖已泛了紅，端午過後就可摘幾個嘗嘗新了。

我常在樹下無事立一立，一方面算計桃兒，一方面伴伴墳上已生滿天竺菊的李家寶。

貓天使

這兒有一幅標準的貓天使寫照，容我簡單描述。

貓天使有男有女，這名貓天使是個女子，而且騎摩托車，而且有丈夫，她約好了去木柵動物園捷運站接下班的丈夫回家。丈夫久等她不來，只好一肚子狐疑自行徒步返家。走著走著，果然暗暗擔心的竟成眞！前方不遠路邊一台大貨車尾兩輪間竟路倒一人，露出兩條他不可能再熟悉的牛仔褲長腿，而近路中，一輛他也不可能再熟悉的他家的摩托車！做丈夫的頭皮發麻兩腳癱軟打算爬過去撫屍大哭，同時還殘留丁點理智的奇怪爲何沒路人圍觀沒蠅蠅環繞的警車救護車……，那腿主人忽的坐起並發言：「怎麼辦陳正益，在排氣管上怎麼抓都抓不到！」一張他不可能再熟悉儘管沾了油污汗水的

臉。

天使的臉。

且不說那隻躲在車腹的小野貓後來的命運，我的這名貓天使朋友小鄭，家裡尚有三批貓，一批是她分別陸續在市場河堤社區撿到並照養得健康俊美的五隻大貓，第二批是未斷奶長得醜醜的小貓三人組，新一批是媽媽覓食遭車撞死的還未睜眼的黑白花一窩四隻，每兩小時就齊聲哭叫討奶吃。

待最辛苦的時期度過，也就是貓們可以斷奶獨立，便挑可愛健康（因此認養率高）的送到長期合作理念相近的獸醫院打預防針結紮妥，等待認養。至於那醜醜的、瘦弱膽小的、連獸醫照眼便說是「貨底」（送不出去的），便留下。

每個貓天使家都有好些隻貨底貓。

我認識的貓天使不多（唉，其實永遠不嫌多），其中有些還是我辛苦經營的下線，和下線的下線，沒錯，便有所謂的貓天使老鼠會。

近些年，自從城市流浪狗口數稍獲控制並減量（還眞不敢細究其過程及手段），流浪貓大增，傳統愛貓人撿拾收留的速度遠遠追不上貓口的自然增長，便得耐心開發、培養一些沒養過貓，或曾養過後因生養小孩、搬公寓大廈、工作忙碌而沒再養過的熟不熟的友人。

試著開始養貓，通常在下決心之前最難，一旦眞養了，任何種種的大小不方便，立即被難以描述的快樂和情感回報給取代。善門一開，很快就第二隻、三隻……，像小鄭一樣，三窩。

爲了好事能做得長，不讓自己或家人的生活品質給壓垮，通常我會建議貓天使們也試著去開發培養一些下線，下線再想辦法培養下線……，流浪貓收養系統於焉成形，整個兒的架構出一個貓天使老鼠會（王國）。

（聖樂響起……）

幹嘛？

我總以爲，我偷偷以爲，我們這

一代人只消稍稍的將之善待，積極則收留、結紮，更積極的則擇被所相遇的貓，定點定時餵食，混熟了視貓咪個性狀況再決定收養與否，不收的話仍可結紮再原地放生；消極的，留一口水給他們吧，門前牆角的一碗水，可以讓多少流浪貓不致渴死或死於腎臟病。

還有更消極的嗎？

我曾經能夠的想像是，就——視而不見吧。因為老實說，他們都沒嫌人族占盡便宜占盡資源，我們倒如何便嫌他們僅僅只是「礙眼」？例如一次盟盟放學回家途中蹲在村口餵流浪貓，一老男人路過見了就努力挑剔，他說：「他會大便喔。」盟盟抬頭看看他，繼續餵，老男人想不出其他抱怨的再說：「他會大便喔。」如此又重複數次，盟盟餵完起身發話：「是喔，你不會大便喔。」

沒想到還有人不是僅僅只語言挑剔，還不怕麻煩的付諸行動：不久前報紙市政版報導，台北市今年上半年有三千一百四十九隻犬貓被安樂死，是去年同期的一點四倍，其中貓的安樂死數量較以往呈倍數成長，環保局表示，以往捕貓的數量有限，但今年三月以來（可能是SARS故），民衆頻頻打電話或以電子郵件檢舉陳情，才導致捕貓數量大增。環保局說他們並不主動捕貓，該局在接獲民衆檢舉陳情之後，會把捕貓籠交給檢舉人或陳情人，由檢舉陳情人自行去誘捕，捕獲貓後再通知環保局派員帶走，並安樂死銷毀。

我想破腦袋，盡力設身處地想像這些捕貓人（非指被動受理的環保局公務人員）的心境——是這樣的嗎？——那隻出現在巷口好幾天的破爛瘦貓看起來眞是既可憐又可憎，想必渾身布滿著鼠疫菌、漢他病毒、SARS病毒、愛滋病毒（？）……，連兩天沒見才以為他已經餓死病死或被車撞死，怪道他竟然黃昏又出現在人家牆頭上涼快優哉著，眞教人好生羨慕，哦不好生討厭；我且當然試過用澆花水管噴他，用石子瓶蓋K他，絕不許他侵入我的勢力範圍，因為我相信陽台那株茉莉之所以提早開花又開得如此肥白一定是他在花盆裡偷偷遺糞所致；我還恨他及他的一二同伴某夜或吵架或頌歌把我給吵醒，我老婆都久不與我同床了，他性生活倒比我活躍眞教人嫉妒……，眞是憑什麼他們這些混吃混喝不用上班繳稅對這社會毫無貢獻的、的垃圾。既然一再陳情檢舉都被告訴得自理（「我是有功於黨國的，你不知道，我領過多少獎金，我檢舉過多少被槍斃的匪諜！」施明正〈喝尿者〉），只得自己展開清理、誘捕垃圾行動……

通常一個有經驗的貓天使想接近一隻受飢受損受屈辱、對人毫無好感的城市流浪貓，定時定點、風雨無阻的餵食大概是最基本的工作，如此短則數週、長則經年方有可能觸碰到貓。於是剛剛我們所說的這些散落城市各角落的數百名勤奮的捕貓人（想來眞令人頭皮發麻！），得與貓天使做一模一樣的工作，還得一反過往的忍住斥咄他，和顏悅色的不致教貓見了你就跑沒蹤影。

在這耐心的日日餵食中，你將目睹一隻小仔貓長成矯健的青少年，目睹病殘、沒顏色的貓恢復體魄毛色豐美，睜著圓圓的大眼睛注視你，甚至對你開口說話，然後你、喝尿者，要選那樣一日，他滿懷信任的走進你放了食物的籠子，門自動關上（我無法，也不敢想像那些可怕的機關），他或困獸一般垂死掙扎，或驚恐得繃斷神經當場成癡啞，或蜷縮籠角深深懊悔怎麼便忘了幼時媽媽再再教誨的永遠不可接近人族的禁令……，都沒差別了。

能不能，我們用一種前頭我說過的一代人的善待，積極若貓天使、消極當沒看見，來爲一代流浪貓送個善終？流浪貓平均壽命通常只二到三年，若加上結紮工作的介入，有生之年，我們將很快的看得到成果，或很弔詭的應該說，我們將一定不會再輕易看到隨處可見卑弱、病殘、受飢受苦的貓族（其實我一直不認爲那只是他們的受屈辱，也根本是在同一個時空生存的我們人族的恥辱）。

當然立即便已聽到一種不以爲然的回音，諸如失業、繳不起健保營養午餐的人都活不了，還有暇有錢去管貓！

這其實眞問錯了人，我認識知道的貓天使們社經位置能力不一，

他們有沒有同時在做對弱勢人族的捐輸援助，我不完全清楚，但是我倒是非常確定會如此振振有詞質問的人還眞都惜情惜金如泰山，認爲他人或自己的同情是不可以亂用亂浪費的，必須用於人類偉大的終極目標如一場聖戰、建國，或禮敬侍奉某超級名法師……，長時間下來他們因此變得極堅硬極剛強，大大違背他們初衷的對凡事皆天地不仁。

我們的貓天使，並不把同情心看做高高供在祭台上的神聖法器，他將之當做尋常的家用利器菜刀剪子，得常常用，常常淬之礪之，才不會眞到大用時才發現已生鏽不堪使用。

一個見到受苦的生命會心熱眼熱不忍的人，不會對另一種同樣受苦的大型哺乳生命無所感的；至於惜情如金的後者，老實說，我反倒沒什麼把握。

當然我絕沒意思將貓天使神聖化，並因此排擠他人其他的價値序列，或以爲此時此際只此問題最大最重要，人人都應擺下所有其他關懷與資源來只處理「貓狗小事」，不是這樣，當然不是這樣。

我知道的一名貓天使，每天得花六小時定時定點餵養流浪貓狗，還不包括出發前的準備工作，得把某獸醫長期捐輸提供的貓狗食分袋裝妥（有的定點有十來隻，有的只一二隻），準備飲水容器（容器常被挑剔之人當垃圾扔掉），然後風雨無阻騎摩托車遍及整個大安區和信義區，混熟的，送去結紮，其中溫馴的可透過途徑待認養，不願與人相處的原定點放生，遇有被車撞死或橫死，爲之唸經超渡並送環保局火化……，這其中的每一細節每一關口，有的須自

2.2L
THE BEAUTY OF A SINGLE FLOWER

費有的有極少的政府補貼，總總我不知道這名貓天使是如何支應辦到的，我只知道她因此不敢有朝九晚五的工作而選擇兼數份工作如送報和自助餐店洗碗筷，她不能有假期，不能臥病（想想數十處的貓狗在嗷嗷待哺）……

她並非唯一的一人。

至於我自己，我遠遠不及她、他們，我只能顧得及附近方圓一兩公里的貓口，很長一段時間，我都提著一個龐大的黑色環保購物袋出入，其中放著我正寫的草稿本或書，遇到走失或被遺棄的髒兮兮瘦巴巴小奶貓，很方便的將之捏進袋中，視狀況帶回家或直接送到我們的獸醫朋友吳醫師處。或驚恐或顫抖或濕淋淋的小貓在墨黑的帆布袋中，大概彷彿在子宮或黑夜時的媽媽懷中吧，都不哭泣。

也曾經爲了找尋離家未歸的痲瓜，地面人家已被我喊遍問遍，便把握搭捷運時，從不同角度的高處找尋，那樣的時刻，我睜大凌厲鷹眼彷彿盤桓找尋獵物的大冠鷲，至今清楚歷歷知曉木柵捷運沿線好幾站哪棟建物的陽台或屋頂經常出現曬太陽的哪樣哪款的貓。

人族的世界是如此的難改變難撼動，我雖從未放棄（以自己的方式），但往往我仍不免暗歎自驚，在當下的另一個國度中，怎麼如此的舉手之勞就可以輕易徹底改變一個絕境中的弱小生命的命運，這想必是做爲一個默默不求回報的貓天使所得到的最大回報和成就感吧，我猜。

並不是每隻貓都可愛

因為隨手寫了幾篇貓文章，便有一些識與不識的人被挑動，打算去認領收養流浪貓，滿心以為是一段美好情緣的開始。

我因此有義務告知，並非如此，並非每隻貓咪都可愛，並非每隻貓咪都多少可實現我們未完成的荒野夢，例如「國家地理雜誌」頻道、「Discovery」、「動物星球」頻道中動物學家們方可二十四小時近身觀察的獵人們。

・膽小的貓

極有可能教你嚴重失望的，你收留的是一隻與荒野獵人形象大異其趣的膽小鬼，這平常得很，幾乎每一隻流浪小野貓都有一段辛酸史，跟丟媽媽的，或因弱小殘疾被媽媽（包括大自然）遺棄的，或媽媽因故回不來的……，我們家貓史上公推最膽小的APEC就十分典型，他被媽媽挪窩挪到正在整修的空屋人家的冷氣口縫中，媽媽不知何故不再現身，呸咕（APEC的小名）大哭了一整天，聲震方圓數十公尺，弄得隔條巷子的我們一天被喵嗚得啥事都做不了，心腸最軟的天文終於擲筆前往探看，發現貓媽媽果然把他藏得好，就算擅闖人家空屋一樓二樓都搆弄不到，天文只得拜託正要收工的水電工，水電工好心願意幫忙，用個超級大扳手胡亂大力的敲打冷氣，用的是暴力法。

半小時下來，人貓皆給震昏，所以起初天文還擔心呸咕會因此成個聾子。但這擔心全沒必要，呸咕嚇壞了所以破例沒放在一樓起居室與衆貓衆狗衆人試著相處適應，天文把他攜進臥室，他自此鑽在書桌與牆角間，一點風吹草動（所以沒聲）就不見人影，差不多要到一個月以後我們才稍能見到他，呸咕是一隻黃虎斑白頸腹的公貓，通常這款花色的公貓，話多，大派到接近厚臉皮地步，是次於虎斑灰狸公貓與人關係黏膩的。APEC完全破例，即便對最信賴的救命恩人天文仍非常含蓄拘謹，天文有空時故作瘋癲逗他，想讓放鬆片刻也算心靈治療一番。APEC從不為所動，只緩步退到遠遠的窗檯上蹲踞，憂慮的注視著天文，斷定她是個瘋婆子。

必須說明一下何以命名為APEC，長期以來，家裡貓口一直保持在少則五隻多則一打間，而且來來去去生生死死，直到貓族也植晶片登錄身分時，才發現要能一一準確說出他們大致年齡的難度，便圖省事用時事來作記，例如APEC來的那年十月，正巧是欠缺外交實務經驗的新政府第一次面對派員參加APEC的紛擾時刻；次年的北台灣嚴重苦旱，乃有旱旱；鮪魚熱季收的叫Toro；人人談論張藝謀的《英雄》時撿來的小黑貓叫英雄雄；最近期收的醜醜的小女生叫小SARS等等……

・醜貓咪

是的，你可能遇到的是隻醜到讓你猶豫縮手的貓咪，曾經有隻黑白大公貓，因長相得名叫阿丑，有時也喊他希特勒，因爲他黑白分布毫無規則可言到破相的臉的人中處有一撇濃黑，乃至第一屆民選直轄市長族群動員激烈時，不少公開張貼的候選人趙少康海報被對手支持者給塗黑人中處，用以暗示他主張的「把不法統統抓起來」

如希特勒，我們怎麼看怎麼忍不住說：「不是我們家阿丑嗎！」

還有苦旱分區限水時被主人放在（我不願意說丟，因爲從旱旱的舉動看來主人對她是愛不釋手的）我們家大門口的旱旱，旱旱的貓籠好漂亮，裡面有專用的鏤金雕花水杯，有個日本某神社求來的護身御守，隨附上的貓食也是進口高檔貨，旱旱會像小孩子一樣鬧覺，繞樹三匝發著黃蜂聲腹語抱怨個不停，最終一定要睡在正使用的桌上攤著的稿紙上，啃咬著人的手指才得睡去。我們因此猜測她的主人平日一定將她抱進抱出同寢同食同工作，這回要不是出國念書斷不會如此替她另覓主人的（我也不用遺棄二字，我相信她主人偷偷觀察了我們家好久，確定我們肯善待一隻——大醜貓）。

旱旱長得眞醜，頭臉毛短髭髭的像剛入伍遭剃了平頭的男生，智

力立時減半，常讓人忘了她是一名女生，她的白底灰花散布得毫無章法，盟盟形容旱旱彷彿是蹲在一旁看人畫畫，被洗筆水一甩，甩成這模樣的。我們想起來便喊她一聲：「朱旱停，大醜女。」旱旱次次都爽快回應，語言複雜極了，不只我們人族這麼覺得，貓族也一樣，公推她做通譯，因爲往往負責餵食的婆婆在二樓翻譯日文稿子過頭又錯過他們用餐時間，他們便會敦請朱旱停上樓到婆婆房門口請願催促，沒有一次不順利達成任務。

・愛說話的貓

所以，也可能是一隻愛說話說不停的貓，常常不知不覺被迫和他對話好久，「可是貓和人是不一樣的。」「別家的貓咪有這樣嗎？」

「不行就是不行。」「老實說我也很想跟你一樣。」「不可能。」「不信你去問××。」

××，一隻嚴肅木訥正直不撒謊的貓。

・嚴肅木訥的貓

起先你會很高興他不多嘴也不偷嘴、不任意餐桌櫥櫃書架上行走打破東西，他沉默、自制、嚴肅，常常蹲踞一隅哲人似的陷入沉思，家中有他沒他沒啥差別，我們便也有幾隻這樣的貓，偶爾必須點名數數，最後左想右想怎麼少了一頭牛的就是他們。

其中一隻是光米，本名叫黃咪，通常如此以色爲名草草暫取的貓，來時都不樂觀，以爲只能苟活一兩日，光米來時比我們手小，

要死沒死失重失溫，被我們盡盡人事輪流握在掌心撿回一命。因爲體弱，天文便帶在身邊多一分照護。

光米並沒因此恃寵而驕，時時不苟言笑蹲踞一角觀察人族，不懼人也不黏人。我往往總被那三不五時收來的幾名獨行獵人給吸引，全心傾倒於他們，卻又被他們往往突然離家不知所終而悵惘心傷，每每這樣的空檔，我都重又回頭喜歡光米，老去撩撥他嚴肅不狎膩的個性，捏捏他的臉，快超過他忍耐程度的拍打他，不徵他同意的硬抱他，每自稱大舅舅（因我想起幼年時，我的大舅舅每看到我的圓鼓鼓臉就忍不住伸手捏得我又痛又氣）。

光米全不計較我的不時移情別戀，因爲他有天文，我覺得他們一直以一種土型星座的情感對待彼此。

光米後來得了細菌性腹膜炎，經歷半年的頻頻進出醫院、手術、化療，其間的照護、隨病情好壞的心情起伏，折磨煞人，天文覺得甚且要比父親生病的三個月要耗人心神得多。那是我第一次看到天文無法支撐，藉她編劇的電影《千禧曼波》參獎坎城之際同往，自己一人又在沿岸小鎮一個個遊蕩大半個月，她不敢打電話回家，我們也不敢打去，於是大舅舅我天天學天文把光米抱進抱出，逐陽光而居，並不時催眠療法誇讚光米：「光米你太厲害了，眞是一隻九命怪貓哇。」

光米維持他健康時的沉默不言笑，努力撐到天文回來的第二天，親眼證實我們一直告訴他的「天文在喔，就快回來了喔」，才放心離開。

嚴肅不語的貓還有高高、蹦蹦。

高高是一隻三花玳瑁貓，流浪來時半大不小，智能毫無開化，大大違背她這花色該有的聰慧，而且她只對吃有興趣，吃完就窗邊坐著發傻，她骨架粗大，兩隻大眼毫無表情，好大一尊復活島史前巨石像，常把過路的貓族狗族們看得發毛跑人。

蹦蹦情有可原，來時是原主人連籠帶貓棄在後山上，發現時籠門開著，小貓蹦蹦被狗族們咬破肚腸，扯斷一隻後腳，我們盡人事的送到獸醫院縫合、腳關節打鋼釘，說是沒死的話兩星期後再回院取出鋼釘。

才一星期，蹦蹦已如其名蹦蹦跳跳，鋼釘戳出一截天線一樣的豎著，才在猶豫該如何料理，便有人掃地掃到叮叮作響的鋼釘。但蹦蹦從此啞了，她原有的長尾巴也遭咬傷終至痿縮脫落，像隻截尾貓，又因體型較大，很像藪貓、石虎類。她從不遠遊，與狗族和善相處，一生健康無病痛，是目前家中最老最長壽的貓，她且極愛理毛，非把毛舔到濕漉漉且條紋鮮明清楚不可，但因她沉默又自己打理甚好不麻煩人，我們往往忘了她的存在，都覺得她彷彿《百年孤寂》中那名年輕時眼睛像美洲豹、生了孿生子便守寡、上下侍候三四代人、而後在廚房終老、沒人記得她、晚年家族僅餘包括她在內的三個人、她於某個十月早晨決定回高地老家的聖塔索菲亞。

•偷嘴的貓

唯獨我們的聖塔索菲亞超會偷嘴。

有一些貓也愛偷嘴，但通常下手前會大聲昭告天下，「就要偷了，」「眞的就要偷了，」「不要說我沒警告你們，」「五、四、三、二、一……」很君子的與一路發著喝斥制止聲前來的人族比誰動作快。

蹦蹦是不作聲的偷嘴，往往我們都在附近，卻要待地上狗族發出爭食聲才發現晚餐桌上的魚沒了，貓偷魚，天經地義，我們通常只責怪離餐桌最近的人沒看守好，但蹦蹦不就此滿足，她偷貓通常不吃的泡麵，通常不吃的墨西哥玉米脆片，通常不吃的香菇，通常不吃的眞空包裝研磨咖啡，通常不吃的長長一列清單。

她通常把那些包裝啃破或抓開，像個好奇的小孩單純只想知道只想嗅嗅看其中到底裝了什麼，我們當場發現也罷，最怕十天半個月後得面對一堆發潮走味的食物。

這，還不是最糟的。

・小心眼的貓

你也可能收留的是一隻小心眼、愛吃醋、易受傷（心靈）的貓。我們目前的貓王大白就是，這真不知是先天或後天，大白是隻資歷夠久的大公貓，斷斷續續做了好幾屆貓王，該怪誰，他老不只一次被看到暗地暴力邊緣的修理其他老小，他手長腳長身長，發狂興奮起來像長了一對翅膀，可以低空掠過刷的就攫捕或毀擊四下奔竄的老小貓，是故每有新的大公貓加入或長成，他立即被推翻篡位，很像獅心王查理十字軍東征時不得民心的攝政約翰王。

退隱下野做平民的日子，大白習慣避居廚房最高的櫥櫃上的制高一隅，暗自做著泣血的表情，吃飯時間才下地，全家包括人族狗族只有盟盟同情他，不時用食物引他下來，抱抱他，給他心靈復健，便不免有人（通常是我）見了扠腰向他翻老帳：「早上追殺貝斯ㄏㄡ，要打！」啊大白他眞的傷心欲絕作嘔血狀，我們便叫他周瑜，叫他×××，叫他幾個我們認爲愛計較、陰惻惻的人。

目前的大白，正發起王位保衛戰，因爲剛又新進門一隻大野公貓尾黃。

・野貓

所以，也很可能是隻野貓，毫無半點妥協餘地的野貓，大大戳破你以爲冬天時他會蜷在你膝上、睡在你腳頭的美好幻想。

就如同SARS時期，天文半夜放狗，聞聲尋去，在辛亥隧道口抓到的小女生小SARS（所以有人若突然憶起SARS時期某深夜彷彿曾在充滿鬼故事的辛亥隧道疑似見過一名長髮女鬼，別擔心），我們叫她小薩斯，或薩薩、薩斯斯，如何暱稱，如何餵食，如何照護，都沒用，她與貓族大哥大姊處得十分良好，對狗族是敬而遠之，對人族則充滿戒備懷疑，她常在屋子各角落靜靜觀察我們，眼神無表情似野狼，她甚至有些以必須跟我們同住一屋頂下爲苦，她在耐心等待我們人族什麼時候肯遷離，把這空間還給她。

（可是我好喜歡無法接近的薩斯斯啊，以偶能摸摸她而她瞬間不跑爲我非常之樂事。）

同樣的野貓還有辛亥貓。

辛亥貓其實是一組貓的泛稱。先是一隻野母貓薩斯媽媽（眼神非常像小薩斯）在辛亥國小校園一隅生養了一窩喵喵奶貓，一旦稍稍確定了她的活動動線，我們便開始定時定點餵食，一爲想和她混熟了送結紮，二爲了想讓小貓們熟悉人族日後好抓去認養。

我們風雨無阻的餵食了大半年，包括其間兩場颱風，因爲只要一想到他們母子尾生一樣的等在那裡（女子與尾生期於梁下，女子不來，水至不去，尾生抱柱而亡），如何都不能失

約。

薩斯媽媽半點沒被我們感動，而且她嚴禁小貓對我們有感情，所以儘管每天晚上八點左右他們母子仨早等在校園夜黯的角落，見了我們老遠飛奔迎上，兩隻小的，小狸狸、小貝斯（長得像我們家貝斯）已經被我們餵得好大了，但被媽媽教得極嚴格，一面不忘發出「赫、赫」的噴氣威嚇聲，同時刻的肢體語言是愛悅幸福的打直尾巴、四腳輪替踩踏著（吃奶時推擠媽媽胸懷的動作），言行不一，莫此為甚。

・不願家居的貓

不願家居的，不只是辛亥貓組，不知該說好運或壞運，你可能遇到的是一隻不世出的大貓王，其氣概、其雄心，讓你無法，也不忍只你一人擁有他、拘束他、囚禁他，甚至剝奪他的天賦貓權——結紮他。

我們近期的貓史上就曾有那樣一隻大貓王，金針。金針與他的同胞兄弟木耳還沒斷奶就被鄰居當垃圾一樣丟給我們，針針黃背白頸腹，個頭不大，身體自小毛病不斷，主要是皮膚病，尤其他每一遠遊出巡回來，舊傷未癒又添新傷口，最難好的是脖子連肩胛一處，那傷疤跟了他一輩子，老是化膿發炎，我們不敢給他戴獸醫一般處理這種狀況時給戴的維多莉亞女王項圈，怕他在外遊蕩時會行動不便造成危險，於是天文發明各種包紮法，歷經無數次改良，終以一方白紗布，用一種童軍綁法斜斜的穿過前腳腋下固定，怕他不耐扯去，每每敷藥療傷綁好後便在場的人齊聲歡呼：「太帥了太帥了針塔塔。」

針針就自我感覺好帥的忍住不扯它，出門巡訪。

出遊數日回家的針針，每也要我們同樣熱烈的齊聲歡迎。他通常從後院圍牆、二樓陽台，跳窗進屋，通往一樓的樓梯正對餐桌，有時我們正圍桌用餐聊天，他一人階梯緩步走下舞台亮相似的，這時有人發現最好，便齊聲鼓掌說：「歡迎歡迎貓大王回來了喔。」不然他會遲疑片刻，尋思，快步下樓，從廚房推門出去，跳圍牆，上二樓陽台，跳窗進屋，（咳兩聲）再重新鄭重出場一次，如此這般直到我們忍著笑，熱烈致上歡迎儀式。

（我們一直奇怪著，他怎麼跟那老遠日本國的系列電影《男人眞命苦》裡的寅次郎每趟浪遊返家時必要家人熱烈歡迎的模式一模一樣。）

我們每見他家居才數日就坐在窗檯望空發愣，便言不由衷的婉言勸他：「傷養好再走吧。」（其實我多羨慕他的浪蕩生涯哇！）總是，總是在某些個神祕起風的日子，我們之中誰會先發現牆頭的樹枝上掛著針針鑽出去時給刮扯下的白紗布領巾，小小船帆一樣的在風中舞振著，便喟歎：「針針又出門啦……」

・單身漢俱樂部

也有可能你遇到的是不安於室、但半點沒意思要當貓大王的公貓（們），我們叫他們單身漢俱樂部，有時是描述特定的一種個性，有時指的是一組公貓。

這在自然環境生活的群居貓科（獅子、獵豹）是很尋常的，前者在獅王仍年富力盛又獨占母獅們的交配權時，公獅們只得結黨成群、玩樂吃喝，偶爾分擔保衛疆土職責，待那一生中可能僅僅只有一次的時機到了，再革命篡位。

獵豹是母系社會，單身漢獵豹們連唯一的奪權篡位使命也免了，獵食、育後全母獵豹一人獨挑，公獵豹們眞的成天只要遊手好閒、逍遙終生。

我們貓史上不時就有如此個性和生態構成的單身漢俱樂部。典型的可以眼下的貝斯和英雄爲例。

貝斯是盟盟北一女樂隊貝斯部的女生去年暑假在校練習時在校園

角落撿得的。女生們輪流一人照顧幾天，因爲家裡全都不許養，這也難怪，因爲從貝斯親人的個性可以想見那些女生們一定是一手握著他一手打電腦、做功課、吃東西、上廁所……，教父母看了不煩才怪。

所以小貝斯如同賈寶玉，是在女生脂粉堆裡混大的，他長得也像寶玉，灰背白腹白臉綠眼，白處是粉妝玉琢的白，他的嘴是滿族式的平平一字嘴，並不像其他貓咪的唇線加人中恰恰是一個賓士車的標幟。開學後，女生們把貝斯連同滿籠衆姊姊們買的小玩具找上盟盟託孤。

貝斯是家中唯一肯讓人抱的貓，而且他喜歡兩前腳環摟人脖子，好心幫人族理毛（髮），人毛比貓毛長太多，他耐心認眞的往往愈理愈亂。他吃得好胖，結紮之前之後對家中衆美麗貓姊姊貓妹妹毫無興趣，見到無論哪個貓王（大白或貓爸爸或尾黃）都應卯的仰臉露肚皮要害以示輸誠。賊來迎賊，官來迎官，稱良民也。

同樣的還有英雄，英雄唯一張皇哭喊過是他老媽把他丟棄在路口自助餐店前那晚上，我們把他帶回家後他有吃有喝再不抱怨。英雄是標準的黑貓，黑貓的遺傳基因簡直不變異，我在哪個海角天涯見過的黑貓完全是那同一隻黑貓。（多年前，曾在愛琴海的密克諾斯島的港口與一隻黑貓對視良久，以爲是家中那朝夕相處的黑貓因思念我而穿越時空來會。）

我們很快發覺英雄對英雄大業毫無興趣，他的生平大志是當黑手，正巧整條巷子這家敲圍牆那家打掉隔間沒停過工，英雄雄日日

專心看工人做工可以看一整天廢寢忘食，付出的代價是幾次被下工的工人鎖在空屋裡回不了家，還有一次是撐著返家時已半死狀態，他大約掉入某種油漆溶劑桶中，我們用熱水洗髮精洗了五次才把毛給鬆開，唯他可能吞了不少，嘔一種有汽油味的綠汁嘔整晚才漸漸復元。

・飛女黨

與單身漢俱樂部相反的，你可能碰到的是飛女黨。

這似乎與結紮的

時機有關係，通常獸醫都認為母貓只要發育成熟就可結紮，但我們的經驗是，不可在懷孕的初期連同做墮胎手術，因為彼刻母性機制已經啓動，最強大的生命趨力卻無法紓解，好幾隻已經做好媽媽準備的母貓，就此精神錯亂，行止異常，最後不知所終。

過早過遲結紮都不宜，我們後來就暫把時間點定格在青春期後期，如此的代價是，她們的心智狀態大體就停格在那個年齡，國中三年級，便有所謂的飛女黨。

這些飛女黨，和那些四處遊蕩、胸無大志、懶洋洋的單身漢俱樂部成員不同，她們甚有默契的結合本該育後、獵捕之精力，有組織的巡守勢力範圍，亞馬遜女戰士般的痛擊包括聞她們美貌而來的外來者。

她們有時會同時鎖定某隻看不順眼或結下梁子的落單的貓（例如單獨長住在三樓的納莉），她們會突然有一天放課後，丟了書包，捲短裙子，插幾絡五顏六色的挑染假髮，掏根菸，操著她們認爲野野的口氣說：「走，上樓去堵謝納莉！」簡直覺得那個老師疼愛男生戀慕的好班女學藝股長假仙欠扁極了。

我常常在通往三樓的階梯上沿階遇到以Toro爲首的飛女黨們，她們高高低低盤踞著，我討好有禮（因要借路過）的一一打招呼：「ㄊㄡ—ㄊㄡ—ㄌㄡ—、薩斯斯……」

她們看看我，互望一眼，我彷彿看見她們心裡嗤了一聲：「哼，虛僞的納莉媽媽！」……嗯，並不是每隻貓咪都可愛。並不是。

貓咪不同國

多年前的深秋，與爸媽和天文旅行在愛琴海的幾個小島，有時小島待幾日不夠，還一日往返跑到更小只有廢墟殘柱無法住宿的島（如日神月神誕生、希臘城邦時期提洛同盟的提洛島），當時我懷盟盟五個多月，行動外觀與平日無異，健康到不行，唯只怕行船風浪，所以他們出海的時候，我便落跑獨留島上閒蕩終日。

不管在哪個島，白牆白地藍海藍天藍窗框，我很快被畫一樣鑲嵌其中的貓兒們所吸引，碼頭棧道、石階、牆頭、花叢短垣、小方場一隅……，永恆風景的一部分。

他們怡然大派到彷彿才是島上的主人，沒錯，觀光季已結束，島上商家多已回歐陸過冬候鳥一樣來年才回，遊人稀少，剩些老人和未出海的漁民群聚在碼頭的兩三家小酒館。

我完全不知道那些貓兒是否是有家的或流浪貓，因為他們個個皆毛皮豐美身強體健，不似有凍飢之苦，他們除了個頭大些，混種的外貌毛色與我生長的地方或直接說與家裡的完全一樣，我因此忘了自己是過客，妄想和他們交朋友。

他們半點不理人，至多聞聲看你一眼或待你接近時伸個懶腰起身走人。

一隻綠眼黑貓，與我正鍾愛想念的一模一樣，我們對峙良久，我深深望進他眼瞳裡，確定他是因思念我而穿越時空化身於此，就像神話裡那些神祇們常幹的事。

其實我喜歡他們的不必理我，不必討好人，不必狎暱人，或相反的不需怕人，不需因莫名恐懼而保命逃開，如前述，我甚至不知道他們是否吃喝有賴人族，我只覺得他們只是如此恰巧的在生存環境中有人族存在，僅僅如此而已，人貓各行其是，兩不相犯，你不吃我我也無需對你悲憫，有閒的時候，偷偷欣賞一眼便可（我多羨慕他們一動不動望海的背影以及天竺葵花下一場沉酣好睡！）。一切如此理想、美好，伊甸園若是這圖像，那於我是有吸引力的。

當然，漸漸才知道這並不容易。

我清楚記得在一些不同國家與貓族的相遇，中歐西歐國家貓與他們的人族好相似，胖大肥美安逸閒適，舉目不見年輕狂野的例如後巷貓影，他們個個在人族寵溺照料之下一道與主人百無聊賴安養天年。雖然我可以輕易接近他們、摸到他們，而且公貓通常少有例外

的立即打個滾仰臉攤個大肚皮邀人搔搔，要害什麼的全不顧了……，我每為他們的失去野性有些悵然。

「好」一些的（唉，從我這又矛盾又不知足的人族來看），例如有一年在東京調布的「東京現像所」宿舍待了整個櫻花季，怕遊人多，便挑個雨天去附近的神代植物公園，園裡小徑兩側大雨後成清淺水流，其上滿布打落的盛開櫻花瓣，花瓣隙中碎金似的閃映著雨後陽光，我們找了處林中石桌石椅打算野餐，雨天果然少遊人，只遠處有人正吃完了收攤，石桌上好一隻大貓，大貓不待我們注目招呼（我們以為是那家人帶來的），遠遠見我們這廂才打開提袋

擺弄筷子紙杯食盒，他便跳下地話說不停一路行來，不待邀請，熟門熟路跳到石桌一隅併手併腳坐好等待，是一隻野公貓，我們有些受寵若驚，趕忙找些他應該可以吃的東西，他禮貌不挑食的一一吃下，我們叫他：「大內寇將。」他都應。

那頓午餐因著他而吃了很久，畢竟他一見我們有要開始收拾殘餚垃圾的意思便藉機起身施一貓禮，說句：「那，就這樣啦。」反身緩緩離去。

我猜，他與人族接觸的經驗一定皆類此是良善的、平等的吧，以致他在人族生存如此高密度空間的嚴密生活中，仍有一席可以不做家貓做野貓的自爲空間。

像他這樣生活的貓族，之前之後我還認得不少，例如神戶北野異

人館山坡、東公園通往英國館間的廢墟小徑始終住著十來隻白色爲主的貓家族，貓口似有總量管制的年年不大見增減，有一年他們出沒處貼張告示，大意是請遊人過客不要隨意餵食、因爲附近鄰居皆有規律餵食云云。還有在京都，我曾循著一本《京都貓町》去印證我見過的貓兒們。

《京都貓町》作者甲斐扶佐義，六〇年代因學運風潮被同志社大學開除，一九七八年在學校不遠處開一家至今仍嬉皮風十足（發誓我有嗅到大麻的香味兒！）的小咖啡館「洞」，這書便是從那時到公元兩千年他拍攝的各路野貓們。近幾年，有時我去得勤些（少則一年一次，多則一年三四次），是可以和作者甲斐君一樣認出並同樣被貓兒認出的，例如最爲人知的哲學之道若王子寺附近的貓家族、東大祖谷寺參道的貓群、河原町荒神口近畿財務局圍牆頭的貓兒大遊行、府立植物園裡老在懷孕狀態的三花媽媽、橫跨鴨川數座橋下遊民們同寢同食的貓們……，重點是，他們可以在人族佔盡資源佔盡優勢的生存環境中仍有一己的存活空間。

這難嗎？

起先當然我以爲不難，人族佔盡優勢、主宰支配所有資源，區區留一口飯、留一口水、留一條活路給貓族，誰不礙誰，誰不嫌誰，何難可言？要不去一趟專售寵物用品的「愛貓園」，無時無刻不擠滿人，其貨品之豐富講究齊備不下於人族的嬰兒用品店，其貓籠裡

待售的可愛（可憐？）貓族，身價沒有萬元以下的，這尚只是普羅級的寵物店，所以，怎麼會不善待貓？這國人。

所以我說的當然不是那些人族嬰兒代用品的寵物貓狗鼠魚鳥變色龍……，我說的是那些還不知是誰早誰晚住在此地、現下仍沒有或不願與人族共處同一屋簷下的流浪貓和野貓，我發現要遇見他們（儘管他們數目頗衆）、或進而能接觸是很困難的。在台灣，他們通常第一時間裡反身落跑，儘管我的聲音和肢體語言是極其溫和善意無危險性的。

是什麼使他們必須如此戒備保命逃生？以致無法像那愛琴海小島上的貓睇看你一眼自顧自的伸個懶腰繼續好睡，無法像另一個島國的貓兒與你同桌共食一餐？

我漸漸相信他們的反應是極其有必要的，若我是這島國的貓族我也會這麼做。不只一次我看到父母牽著散步的五六歲小孩跺腳追吼他們，其中為數極少的一二小孩好奇趨前時，父母無例外的喝止：「髒死了趕快走！」大些的小孩拿石子丟牆頭的貓，大人用BB彈射，路邊飲食攤販用沸水潑他們，有人（學校老師）乾脆把野仔貓從四樓當學生面拋下，有高級雅致的住宅家院不顧醜陋的密密圈上鐵絲網阻止他們路過，你藏匿在角落每天更換的清潔水罐（所以不可能有登革熱病媒蚊）屢屢被惡意的傾覆或踩扁，還有人僅僅只是不想在十五樓陽台賞風景時會看到河堤野草地裡的野貓「好噁心哦」，便天天催喚環保局來捕貓，趕盡殺絕。

有例外嗎？（除了一些默默在為貓族留個活路的人族貓天使們。）

有，不只一次，我看到東南亞籍的外傭們拿些湯水殘餚出來餵貓，為什麼？我相信原因不只是據說在印尼菲律賓貓是吉祥物云云，我猜，他們是感同其情的多吧，除了他們低廉的勞動價值外，是被視作無生命的，與老人、殘疾、受教就業次人一等的原住民、無投票權的外籍移住民、流浪貓狗……這些低生產或無生產力的一樣，必要時，可被當作垃圾似的用後即棄處理掉。

淨化？我不禁想到這個敏感字眼兒。

是我太悲觀太誇張了嗎？

不久前，我們的行政院長在公開場合對漢人們說：「多多生育。」

我們的教育部次長對外籍配偶喊話：「少生一點。」

我們副總統在移民政策毫無配套研議下對原住民說：「去中南美洲吧。」

……

對人族，尚且如此，公然挑選符合統治者利益、喜好的人做爲選民，對其他「非我族類」，豈會手軟？

什麼時候開始，我在旅行觀察不同國家時，在各種參考指標指數外，不知不覺加進了一項貓族指標，看這國貓族的反應，知道這國人是如何對待「非我族類」的。

緣此，有比我們更糟的地方嗎？例如那著名的鄰國南方一省，一年要烹殺數萬隻貓族。但我也去過那國的不同地方，上海的襄陽商場背後的傳統市場攤，賣雜糧五穀的窄小貨鋪前蹲踞著一隻醜巴巴

美食家
SOYBEAN

的混種貓，人群隙中我叫喚他，他未有跑開的意思，我搔搔他的下頦脖頸，他瞇眼享受片刻，隨即伸個懶腰重新坐直，埃及古墓的守門神似的。也有一日行經弄堂裡，一隻大貓優閒的蹲坐在收破爛的摩托貨車上，車主人族正路邊打包整理，我趁此與他（貓）三兩下交上朋友，覺得我那隻出走沒回的黃虎斑「痲瓜」怎會飄洋過海在這裡。

照例閒蕩又走到梅蘭芳故居，與前次一樣仍被數家人分居佔住，這裡廚房傳出濃膩的上海本幫菜的甜醬油味兒，那邊二樓窗口伸出一枝竹竿，上晾著同行友人說的：「梅蘭芳的褲衩」，我照例比較有興趣去對門的大宅院落看貓，幾隻貓家族，較前一年未見增減，我與他們交涉一陣，他們依個性本能理人的理人（虎斑、三花玳

瑁、灰背白腹、乳牛黑白），不理人的冷冷走開（黑貓、母灰狸）。

像我這樣的人不少，我盤桓的半小時裡，不時有大人小孩站在宅院門口笑語讌讌的賞貓，說著上海話，是當地住民們，有人還帶了貓糧來。

這一切，讓我感觸良深。

我不只一次理智提醒自己，不可以用單一指標來衡量一個國家（經濟的、民主的、人權的、文化的……，當然，貓咪的），但是，但是一個不肯給非我族類一口飯、一口水、一條活路的國家，作為人族的我們生存在其中，究竟有什麼快樂、有什麼光彩、有什麼了不起可言？

辛亥貓

不久前，我曾在一篇貓文章〈並不是每隻貓都可愛〉中寫及「野貓」，意指一些不能或不願意與人族共處的貓們，其中我曾簡略以「辛亥貓」為例。

「辛亥貓」實為一組貓，這貓群且在我寫作中不斷增生、繁衍、變幻、消失……，他們是非常典型的城市流浪貓和野貓的代表，我恰巧遇到了，目睹其生滅，以為有責任寫下來，證明他們確實來過這世上一場。

兩年前某夜晚，我們在辛亥國小操場投籃的投籃慢跑的慢跑，便晚風中傳來再縹緲不過、再教人無法不高度警覺（我像一頭母貓科立時豎耳凝眸）的奶貓稚弱喵嗚聲。我們尋聲找去，一會兒覺得聲源在圍牆外的萬美路上，待翻爬過牆去，又覺明明喵聲是從校園裡的淨水池一帶傳出……，疲於奔命的一場風中追索，最終在約好風不動旗不動心也不動下，冷靜覺察判定奶貓肯定在對街的汽車修理廠。

修車廠三五員工正在空地烤肉，回答既沒養貓也從未見過什麼大貓小貓。我們把家中電話留給他們，希望他們若發現任何小貓，不要丟棄或處理（處死），我們會來取。

便自行採取最沒效率但最終必然有用的方法，定時在辛亥國小圍牆柱縫間放飲水和貓餅乾。

這些水糧第二天都半點不剩，我們不敢太樂觀，因為經驗告訴我們那也可能是野狗、惡作劇的小孩或無聊的路人幹的。

一星期後，出現貓蹤，是隻正在哺育（豐滿的奶幫子）的貓媽媽，我們從此叫她「ㄚˇㄇㄚˊ」，有別於曾經的一隻叫人懷念的野貓媽媽「馬麻」。

阿麻長得像家裡最醜的貓早早，白底灰花，灰花凌亂惡意地亂長，把一張臉兒破相了。

我們餵食而她等在一旁時，總口上不停柔聲喚她「阿麻」，希望早日混熟，在她下次發情前能來得及送醫結紮。

阿麻醜醜的臉、大大的眼，從沒表情從沒軟化，也許曾經與人族接觸的經驗告訴她，這樣最安全。

終有一日，有兩個更小的身影在阿麻身畔擠擠挨挨，我假裝專心地放糧換水邊暗裡偷偷打量他們，小貓一隻長相像我們家貝斯，一隻是標準灰狸虎斑，我們叫他們小貝斯、小狸狸。

小貝斯小狸狸沉不住氣直對我們喵喵索食，尾巴愉悅地豎直像枝小旗杆，向來沒有半點表情的阿麻卻立時跳到我和小貓們之間，對我揮爪怒斥恐嚇，邊抽空回頭搧兩個小的一人一巴掌，我很吃驚，沒想到阿麻如此強烈過激的反應，畢竟我們已經在她注視下放糧添水了快一個月，有些野貓，這等交情已夠摸摸頭了，但不知怎地我竟然眼熱熱的，定定地看著阿麻告訴她：「不錯，是個很棒的媽媽。」

這個很棒的媽媽時候到了違背本能地不丟窩（逼仔貓獨立），不

發情，小貝斯小狸狸個頭比阿麻都大了，三人仍不分離。晴朗涼爽的夜晚，母子仨吃飽了常踞在校園角落小橋流水造景的拱橋上乘涼，小的有時跳進淺池裡抓青蛙，有時砌石堆上飛竄追打，有時母子跑道旁草地裡撲蚱蜢或一動不動剪紙影似地注目著球場跑道上的人族……。

這樣的時候，我替他們感覺到一種人間至樂幸福，於是我很想把我們家我以為再幸福不過的貓族統統放野和阿麻一家子一樣，我認真地考慮著猶豫著，可是夏日颱風天或大雷雨的夜晚，我們守時守信地前往餵食，遍巡校園，沒有半點可蔽風雨或勉強乾燥處可置貓食，阿麻母子不知躲哪兒去了，大雨滂沱我們撐了傘的尚且渾身濕透，我好為他們掛心，同時告訴自己必須牢牢記住此刻，打消放野

念頭，我們家的貓們當然才是眞正幸福無憂的。

阿麻遲至一年後才發情，因為餵食時出現一隻也不知是否附近人家的大公貓，大公貓大方地和阿麻一起同吃同進同作息，依自然法則（母貓科與子女的正式分離、公貓科噬殺不屬於自己後代的前胎幼獸如公獅），小貝斯小狸狸不見蹤跡，因此阿麻在我餵食時不須護衛呵斥，只靜靜凝視我，問她：「阿麻，小貝斯小狸狸呢？」近一個月沒見他們，我十分傷心後悔，因為不可能有任何人收留他們，我們餵食一年多，兩小的聽從母命見了我們仍呵斥戒備，儘管同時他們的肢體語言明明是十足愛悅歡迎的；我後悔一年來把他們餵得太好，一餐沒缺過，可能猝然而來的被迫獨立令他們會不知如何獵食覓食維生。

阿麻肚子大了又消，不見豐乳，顯然並沒在哺育子女，──小貓哪兒去了？

結果只有幾種可能，一仔貓難產早夭，二仔貓被阿麻吃掉，後者我非常記得曾經幼年時，一隻母貓在我床下做窩生養，我不聽父親勸阻一天殷勤探看數次，終於沒安全感的貓媽媽把仔貓們全數吃回肚裡，我清楚記得窩裡那些殘餘的小爪小耳細緻粉嫩沒什麼血腥，貓媽媽一旁悠然自得慢條斯理地洗臉理毛。

所以那段日子只要我搭捷運行經辛亥國小牆外，總不忘用力大口吸氣，那時節空氣中湧動著行道樹黑板樹隱性綠花似有若無的恍惚香氣，最重要的，我不覺得烈日下的空氣中有若何死亡的氣息（屍臭）。

小的們不見蹤影，阿麻懷孕了。

關於這，又是屬於我最想知道的宇宙大祕密，解貓語若我，一般狀況皆可溝通，唯有——到底貓女生有知、有權決定，他們會選擇願意結紮以免生養育子之苦，或其實這是她一生所有生存意義的動力來源？

我眞希望能有這能力與她們懇談並以此做出正確的作爲，因爲我每爲四下可見城市流浪貓在嚴酷環境裡的生養慘烈（沒被車禍、沒被人族惡戲或當無生命物垃圾一樣處理掉、沒被狗族咬死……的倖存仔貓，無一不病弱瘦餓），痛下決心只要有機會就將她們帶去結紮；但同時我每見曾經活力四射的狂野貓女生因爲被結紮竟從此漫漫長日百無聊賴捱日子而深深懊悔……，到底到底，怎麼好？

仔貓哪兒去了？

阿麻雖然在我們人族看來長得醜，但在貓族中一定有一種獨特的魅力，這光從小貝斯小狸狸的母教甚嚴就可看出，不只兩小傢伙戀戀不去，連大公貓也行起一夫一妻制，阿麻沒發情的時期，大公貓依然天天來訪，夫妻倆並肩蹲踞在柳蔭流水小橋上。（我對唐諾說：「阿麻一定很迷人。」）不過對此我們可暗暗煩躁不已，因爲大公貓不去，小貝斯小狸狸就不會回來，我們一直隱隱抱存希望他們仍然藏匿在校園周遭。

我試著驅趕大公貓，同時擔心是不是又介入太多了？在這小小封閉的世界中不知不覺忘情扮起造物大神的角色？

不，不，不，造物大神往往幫助強者、戲弄弱者，所以我不是，我放心趕大公貓，相信他一身好皮毛是有人族家可歸返的。

便在秋天一個雨夜因此無人族活動的校園裡，遠遠三個貓影穿越籃球場迎上來，直著嗓子說不停的確是小狸狸小貝斯，我的快樂難以言喻，邊還鎮靜地走往餵食處，邊響亮地回應纏繞腳畔的兩小：「當然是給你們的，不給你給誰。」

阿麻不急吃，凝神看我，我對她感歎：「太好了，他們活得好好的……」

歲暮年終，沒什麼好消息好事情，每天晚上能看見他們母子仨迎接我們、聚攏著埋頭吃，成了寒涼無趣的生活中最大的滋潤，儘管阿麻並未因這一場而鬆懈戒備，一次我忍不住伸手想摸小狸狸，橫裡被阿麻竄出抓了一記。

春天的時候，又出現癡情大公貓，當然餵食的時候，兩個小的又躲不見，但是這回我知道他們一定就在附近，便另闢餵食點，擺在他們曾出沒過的操場另一側隱蔽之處。兩小的默契很好，一兩回就知道準時等待在新地點。

阿麻肚子大了又扁，大公貓仍然戀戀不去，木棉花開花落，接著換高大的阿勃勒掛滿瀑布似的明黃色花串（總一定教我想起曾寫過〈金急雨〉的舊日好友），空氣中滿是夏日雷雨後植物們被摧折的鮮烈香氣，沒有死亡的氣息，我不再問阿麻最近這回的仔貓哪兒去了，我已經很習慣也不怕麻煩夜晚的餵食路線變成這般：這圍牆柱縫一份是阿麻和大公貓的，那木屋涼亭椅下是小貝斯的，地下停車場排氣口的鵝掌木籬叢中是膽小羞怯的小狸狸專屬用餐處……

我以爲，日子會一直這樣過下去。

夏初的夜晚，阿麻出現在小貝斯用餐區的木屋亭，彷彿時光倒流，一幅既熟悉又陌生的畫面出現，阿麻踞臥著的身畔身上堆疊著昔日的仔貓狸狸貝斯，沒看錯的話，還有一隻小小三花，三隻小的隨我的接近，沙灘招潮蟹似地眨眼便消失在砌石孔穴中，行動謹慎俐落完全乃母家教。我暗自驚歎地倒著貓食換乾淨飲水假裝忙碌，不由得打心底誇讚阿麻：「阿麻你太厲害了，不聲不響把小貓養那麼大了……」

眞的是不聲不響，數月來，我從沒聽過一聲仔貓受餓受驚或找媽媽的哭聲。

從此，餵食路線變得又更加複雜，小小的校園，星羅分布著五六個餵食點，對我而言，彷彿一幅再美麗不過的藏寶圖。

我又以爲日子會一直這樣過下去。

起先連續兩天不見第三代行蹤，後來是二代的小狸狸小貝斯，這偶爾也發生過，有時是天太熱了，他們尚在某隱蔽處昏睡，得夜再涼些才會出沒覓食。但這次不同，太久了，我得面對現實了。

校園中沒有夜間照明，借光只能靠些微透過樹縫的校外路燈，但不妨事，我早已練得一雙夜行動物好眼睛，從不誤會池畔的月桃葉是伏踞的貓，從未把疾走的雲影掠過草地錯看爲飛竄的貓，從未以爲牆頭的楓香葉尖是風中凝神的貓耳，我更從未把月光下的造景砌石誤當成阿麻的前任男友大白貓……

我且練就近於神祕的嗅覺，可以聞出早已風乾的池畔石堆中的青

蛙屍，可以嗅出不遠處每五分鐘一條光龍橫過空中的木柵捷運行過所盪起的氣流中的種種信息，我還可以嗅得到月夜下吃飽了的貓咪們閒適的呼嚕聲……，我嗅到，我嗅到他們的不在了。

我非常確定他們不在了，因爲幾個餵食點沒吃的沒吃，要不就被人（野狗不會這樣做）惡作劇地撥散在地上或撒在池裡泡腫變形。

只剩下阿麻。

我回到我們最初的餵食點，沒有別的貓，阿麻不需戒備地安安靜靜望著我，我問：「發生了什麼事？」

夜黯的校園，籃球場上有鬥牛人聲，遊樂設施那兒有小孩歡聲尖叫……，對我而言，死寂一片。

阿麻斂手斂腳坐下來，我也跪坐下來：「……我們這麼辛苦帶大的小貓啊……」

人族世界常有的險惡之事從沒教我失志絕望過，爲什麼此刻我一丁點的力氣也使不上，我只想能當場化身爲狼，引頸對天嚎出我的憤怒和無法流出的淚水。

阿麻起身去默默地吃貓食，我望著她的背影告訴她：「我會替你報仇。」

因爲他們不可能一起遭到車禍，他們不致被偶闖入的流浪瘦狗給一口氣滅族……，只可能是人族。校園裡是老師和小學生，圍牆外的路人，大都是上坡不遠處「靈糧山莊」的居民和信徒，理論上，都是不該會讓貓族消失的良善之輩。

但也有我知道的住在景美萬壽橋頭高級住宅大樓的「良善之

輩」，我的一位貓天使好友賃居其中，大樓社區的開放空間與景美溪河堤只以野草地、菜園為界，其中便住了像辛亥貓般的貓家族。

貓天使友人家中已六隻陸續收留的成貓不能再收，便餵食照料外並成功將每一隻帶去結紮，小貓上網認養……，如此這般仍有住戶三不五時叫環保局來抓貓。出入直接下地下停車場從不到平地開放空間的住戶說，貓一定會有傳染病（友人答以全都打過各種預防針），會髒亂（友人都在野草叢隱蔽處餵食並每日換水），會繁殖（友人答都結紮了），會，「我不會弄幾隻野狗結紮了放社區啊，」這名堅持到底的住戶夫人說：「哎呀反正從十五樓陽台看風景看到那些野貓你不知道有多噁心哎！」

阿廂，我會為你報仇。

只要愛情不要麵包的貓

在城市裡，定時定點的餵食流浪貓狗，最艱難的——除了其他人族莫名其妙甚至殘忍的抵制、虐殺外——，其實也最容易發生的，就是與之發生情感。

我知道的默默在不分晴雨晝夜恆心做著這些工作的貓天使們，都具備不僅只是餵食、最好能夠進一步帶去打預防針結紮、不能認養的再原地放回……的觀念，因此，試著接近他們，不是放了水糧就走，便成了必須的工作。

在〈貓咪不同國〉裡我曾提及，在台灣，大部分的流浪貓狗與人族的接觸經驗是極糟的吧，他們帶著各種傷，肉體的（車禍的、熱水澆潑的、鐵絲橡皮筋勒脖頸的、ＢＢ彈鋼珠射的、久未有一口水糧的……），精神的，以致對天天餵食的人族仍充滿戒備、疑懼，不肯讓你接近伸手一步。這雖讓我們的結紮任務變得非常困難，但我寧願他們這樣，如此才能自保，因為誰知道他們碰到的下一個人族是一樣良善或險惡的。

但偶爾，就有那違逆了本能的，居然不要麵包只要愛情的貓咪，對他們，我至今無法描述那樣的糅合了好多好複雜的情感的關係，弘一法師臨終的「悲欣交集」也許接近，更多時候，我覺得自己是渾身傷疤累累歷經無數戰役的老將軍，一個傷疤可講一個好長的故事（我身上還眞抓痕累累呢）。

最典型的是「貓妹妹」，貓妹妹是曾經我們興昌里的野貓大王「貓爸爸」的女兒，待她孤女一名肯讓我們觸摸時已出落為成年美女貓，不可能收進我們家了，家裡已有十隻加減的貓並不是問題，另有的十隻加減的狗族才痲煩，因爲野成貓已定性定型，無法接受與堪稱他們宿仇天敵的狗族同居一屋頂下，但還好妹妹的領域就近在我們巷口三岔路一帶，這家陽台那家後院洗衣機上輪著睡，她已遭我們結紮，不會有流浪公貓追求或追打她搶地盤，她這一生最重要的生養義務和驅力不再，我偶見她坐在人家牆頭發傻，打心底抱歉，完全不敢去想她其他的漫長時間是如何打發的——其他時間？是的，每天十分鐘到半小時之外的其他時間。

妹妹超會聽我們家大門的木門聲，相距十數公尺，往往她那頭已斂手斂腳端坐等待。

我們通常相約電線桿下，桿底的小叢黃鵪野草裡藏著水罐（以免被無聊挑剔的鄰人傾倒扔掉），換上新鮮水，倒好貓餅乾，妹妹才不管多餓看都不看嗅也不嗅，她把握住這一天中人族行色匆匆的幾分鐘向我們尋求一點點溫存與慰藉，她在我們兩腳中仰臉打滾撒嬌（我往往一身外出黑衣褲假裝果決狠心的說：「妹妹今天不行，要去開會。」）要是你畢竟不忍心的蹲下，她會攀爬上身，仰頭端詳你的臉，肉掌輕觸你的痣或雀斑或晃動光影，忍不住時就鼓起勇氣輕咬你下巴一口。

通常天文心最軟，天氣好時，乾脆帶一本

書，在人家門階前坐個半小時，讓妹妹在腿上好睡一場。

如此至今四年。

最近期的則是小三花。

小三花一開始出現在辛亥路進來不遠的慈惠宮神壇前，發現時，她正在一小段路邊陽溝中覓食，渾身油污爛疤貼地伏竄，因爲她的喵聲，才知道不是老鼠。她可能才斷奶，卻不知何故像老久沒了娘親，於是我們開始在金爐旁定時放糧，沒幾天，才發覺不遠鄰人堆棧的雜物中還有一隻膽小的黑白乳牛毛色兄弟，有一陣子我們叫他們金爐貓，不久就自然叫小三花和乳乳。

後來終於可以觸碰到小三花了，便趕緊帶去吳醫師處，初步清理完，才發現她的毛色，但她疤癩得我沒見過的嚴重，連吳醫師都先喪氣得說不出半句勸慰鼓勵的話，只給我們一種滴劑，必須每日兩回不中斷的服用一個月才可能有效。這個療程對家貓來說不難，對出沒不定的流浪貓只能盡盡人事。

但我和天文風雨無阻沒錯過任何一次做到了（只除了有一天全家去苗栗銅鑼陪藍博洲立委競選掃街），小三花用力回報我們的回復了老天爺惡戲她之前的模樣，連廟裡閒坐泡茶的老人看到我們餵食二人組出勤，都會閩南語通風報信剛才那隻紅色的貓在哪裡哪裡，是的，紅色的貓，小三花身上潑墨畫風的大塊的橘紅和黑亮，最特別的是，她整個右額右頰連眼是一塊工整的黑色覆蓋，完全是戴了眼罩的獨眼海盜頭子造型，神氣極了。

而且她非常顧念她那害羞膽怯的小兄弟乳乳，每每忍住不吃，朝那廂雜物堆喵喵叫喚，知道她兄弟暗中窺伺，便反覆親愛的磨蹭我們作示範，也因爲如此，我們暫打消把小三花收回家的念頭，要是沒了她的陪伴，乳乳一定會變成徹頭徹尾一隻生存能力很差的流浪貓。

蹉跎的時日，我不免暗暗想爲小三花找個好人家，我不願她被關在吳醫師的認養籠裡被人指指惹惹嫌嫌，我開始假裝關心起朋友中愛貓但家中只有一隻貓的如安民、偉誠、南方朔、和家有三隻年邁母子貓的錢永祥老師，看能不能趁此把小三花偷渡給他們。

那陣子比較常和偉誠見，便屢屢快引人疑竇的老問候他的Anto（偉誠喜歡安藤忠雄），暗示著獨居的貓是很寂寞無聊甚至會引發憂鬱症或行爲異常等等，終於偉誠也問我們在忙些什麼，機會來了，

竟，我竟訥訥含糊的回答：「……，嗯，新又在顧一隻……醜醜的小野貓。」我曾看過他Anto的照片，俊美極了的貓王子，我好怕他會嫌棄儘管癩疤病治好但他人眼裡依舊醜醜的小三花，我更抱歉傷感自己竟然說出了實話。

那樣的時日延宕中，小三花愛上我們了，違背天性本能的不吃喝，一意執念要尾隨我們走。通常，得狠心的把她抱至金爐攔腰平台處，然後趁她瞻前顧後決心跳下地前快快大步離去，不敢回頭。其中唯一我像羅德之妻回首的那一次（去年十二月二十四日），她已跳下地，跟到轉角處，猶豫著要不要穿過馬路跟上我，我不免擔心，停步遲疑片刻，她坐下來，放棄了，被眼前太多變動之物如車、人、狗吠、微風、紋白蝶所干擾吸引，看不見沒有太遠她原先

癡心欲追蹤的我，我永遠記得她的模樣，凝神端坐在那兒，想辦法捕捉風中一絲絲我的訊息，小小神氣的獨眼海盜——臨終時，光速閃離我視網膜的畫面，必定有這樣一幅。

因爲之後再沒見過她了。

我相信親愛人如她，是被路過的某好心腸媽媽給決心收回家了。

因爲日日中午我們餵食時，正好是不遠辛亥國小低年級半天班放學，便常有一對對年輕媽媽或爺爺阿媽接小孩路過，是上好的觀察人族時刻。有會停下腳步，並要好奇的小孩蹲下不要嚇到貓用餐的：「弟弟你看貓咪好可愛呀！」（小三花就是被她們這一類組帶回家的吧），有那小孩興奮前來、媽媽在後頭大聲喝止：「髒死了，趕快走，會傳染SARS！」也有小孩不管我們在場、順手撿起石頭木棍就追打跺腳怒呵的，這樣的小孩，在我勸阻時（「他們都沒有媽媽好可憐。」「假使他和你同樣大你敢這樣欺負他嗎？」），大人們通常冷漠或煩煩的立在一旁，不，當然不敢，因爲他們這樣的人對大小、強弱最有感受，我幾乎可以看到他將來肯定是遇上司、權勢就彎腰投降，遇下屬、弱勢包括老小親人都是傲慢欺凌的。

我不知道那些不惜花費無數讓小孩勤於穿梭在各種才藝班補習班「學習」的父母爲何如此不在意這種無價的生活教育，學習如何平等尊重善待弱小生命並及於其他弱勢，我相信，對這價值的輕忽，日後早晚會反噬到哪怕是也會老也會弱的父母身上（這樣的提醒和「恐嚇」不知有沒有一點用？）。

小三花不見後，我們又花了幾個月時間，才把她鍾愛的兄弟乳乳給收回家，是家裡目前的第十三隻貓咪。

愛上人的貓，命運不必然如此多詭難測，講幾個充滿笑聲快樂的例子吧。

曾經在某篇貓文章裡提過的復活島巨石像模樣的高高，高高神經粗粗的，與人族關係不密切，回家吃飯的時間外，她大都遊盪甚至睡在我們屋後大廈間的綠帶叢中。但她還是發覺了天文的房間裡「不知為何」可以長居著兩隻膽小神經質的咥咕和Toro，每每隔著紗門叫喚天文，望能獲准進入肯定好玩的天文房間。

房門不能開，高高百思不得其解的結論是，打一些獵物獻給天文以換取門票，她打來壁虎，完完好好一條放在天文房門口，打來麻

雀、蚱蜢、大蜘蛛、紋白蝶、飛蟻……，總是總是，我聽到天文在樓上聞聲開門的高聲感謝：「謝謝你、謝謝你。」我次次被天文充滿驚喜感動的語調感染得忍不住大聲問：「今天是什麼禮物？（肯定是一朵美麗的玫瑰！）」「唉呀蟑螂啦。」怕高高聽懂人言因此低聲回答，天知道天文的天敵就是蟑螂。

也有那愛上人、因此漸失了自己的天性本能的貓咪，例如辛辛，辛辛正名辛亥，是辛亥國小野貓家族中唯一被我們收回家，且過程全不費吹灰之力的，先是我們去夏夜晚在國小操場慢跑投籃時，連聽了兩天的奶貓喵聲，覺得竟像是有針對性的在召喚我們，便聞聲尋去，不難找，沿萬美街那側的校園圍牆花壇的深處端坐一隻發著白光的超小貓，我趴下地，伸手等待並叫喚他，辛辛（咬咬牙）考

慮三秒鐘，施施然走出來，我抱他回家，他不掙扎不哭鬧，路燈下，看清毛色是白底黃花塊，乾乾淨淨的身上散著淡淡的口水味兒，我誇獎他：「媽媽把你照顧得眞好。」後來發現是他自個兒照顧的，他一天到晚就在洗浴理毛，是個面容嚴肅不苟言笑的小沙彌，我們猜他那晚是東看看泥巴地西瞧瞧美麗但會下雨的夜空想：「不行，待不下去了。」遂投奔人族。

辛辛太認同人，天性本能眼見的退化中，他從飯桌上欲跳往長柜櫃，這對家中貓族來說是家常便飯一天要做好多次，辛辛卻必須準備良久，其審愼認眞彷彿好萊塢替身特技演員要飛越摩天大樓與大樓間，在場的人族路過見了都勸告：「用小腦！用小腦！」也有經驗豐富的人族直言：「會摔喔。」辛辛不幸應聲撞了櫃摔下地，也有衝過頭打破過 Wedgwood 和哥本哈根的咖啡杯。

他的四腳因此輪著受傷，最嚴重曾經右後腳掌骨折，所以老長一段時間都踮著腳爪怪走姿，因此得個「馬來貘」綽號。

不料這情況隨他年長更嚴重，他有時想從電視上跳上冰箱，扭著屁股連後腳瞄準好久，不時暫停片刻大喊喵聲給自己打氣，在場的人聞聲也會從報紙裡抬頭附和加油：「會成功！會成功！」辛辛倒也成功過幾次。

辛辛失去貓科動物特有的靈動敏捷之處尚不只此，他常和其他貓們玩他們久玩不厭的彈珠遊戲，就是以浴室爲球場爭奪撥打彈珠，玻璃彈珠擊碰在磁磚牆地的清脆達達聲煞好聽。辛辛太笨拙，從來只有壁上觀的份兒，插手加入不了，偶或彈珠正好迸跳到他跟前，

他頗有自知之明的趕緊銜含起彈珠跑離競技場，跑到客廳餐桌找個人族通常是我，把彈珠放在我腳間或鞋裡央我替他保管。

對於他的信託，我覺得眞是無上的光榮。

他還常常趁我坐得低低的埋首書報時，從高處探手探腳爬到我頭間，兩手環抱住我大頭，在髮叢中嗅嗅啃啃，想起來時對我耳朵吹熱氣，又或一手勾住我頸子試圖咬我咽喉，我又癢又痛不好拒絕的躲閃著，悶笑出眼淚來，因爲這些動作完全與他對其他的貓大哥貓大姊示親愛時做的一模一樣，做爲一個人族，我眞眞感到驕傲和快樂極了。

一隻興昌里小貓的獨白

接連幾個颱風的間隙中，我就像一顆被白頭翁攜帶來的雀榕或小葉桑籽般的，落土降生在這興昌里山坡某個社區的開放空間鵝掌木樹籬下。

我並不知道我是我媽媽的第幾胎，我也不知道我那野貓媽媽是什麼時候流浪到此，並像這社區的人族一樣喜歡這裡、且決定落腳下來。

我媽媽瘦極了（但我覺得她是全世界最美麗的馬麻），但她躺下來的身軀總夠我和我的兄弟姊妹四個擠得下，她總是既寵愛又憂傷的注視著我們搶奶吃，我不明白她在憂傷什麼？

我眼睛能清楚視物、行動也漸可獨立之前，我媽媽叼著我們辛苦的已搬了好幾次家，一次是海棠颱風來前，一次是有人遠遠跺腳拿傘趕她，一次、我覺得那次她是故意的，怕我們反對，搬家中，把我們當中最弱小的弟弟給偷偷丟掉了，我聽到弟弟在福客多後面的水溝哭喊了整個黃昏，不知如今他下落如何了（作者注：被朱家收養了，是家中第十三隻貓成員）。我媽媽是擔心她ㄋㄟㄋㄟ快不夠我們吃才這樣做嗎？我覺得她多慮了，因為我看過有好心和善的人族偷偷拿剩魚剩飯給她吃，而且，就算有一天真的不夠吃了，發誓我們兄弟們絕對不爭不吵公平分享。

是因為我們沒有像人族一樣花錢買房子並交管理費所以就沒有生存權嗎？有些人族看到我們就作勢要驅打，並責怪偷拿東西餵我們或下雨時會在摩托車上搭件雨衣讓我們母子可避風雨的其他鄰居們。

我們不想討人喜歡或討人嫌惡，我們僅僅只想有個活路，這，很難嗎？我媽媽從來不准我亂罵人族例如「人族已經佔進資源佔盡便宜，爲什麼我們從沒嫌他他要嫌我們?!」

人族嫌我們亂大便（他們不用大喔？），是啦有時我會在樹下草裏，只是有時來不及會在人族認爲不該的地方，所以若有好心人族願意放盒貓砂，我們會非常願意使用，我們貓族是出了名的愛乾淨的；也有人嫌我們一點用都沒有，那他們可不知我媽和前我兩胎的大哥可是夜間好獵人，打了多少蟑螂和老鼠；有人嫌我們看起來很噁心，那他們長帶小人族老遠花錢

費時去木柵動物園人擠人看我那孟加拉虎大哥，又嫌不噁心啦？

更有人嫌我媽媽生太多，這——就是我們兄弟們的傷心事了，不久前，別的社區的三個人族阿姨把我媽媽抓去獸醫那兒好些天（簡直把我們嚇壞了，好些個夜晚，包括可怕的泰利颱風，我們都沒有媽媽讓我們擠捱著睡），回來時，媽媽耳朵被剪了一小角（一定痛死了！），那代表沒有主人，但已結紮的貓，我媽媽再不會惹人厭的繼續生小貓了。

只是，仍有人族不滿足，打電話給環保局並輕易把我們兄弟仨抓進籠子裡（天啊我們原以爲他們要跟我玩、要加菜請我們吃），他們說，要是幾天內沒人認養我們，便要送去「處理」，就是注射毒藥讓我們死掉的意思。

我聽到人族們一直隱晦的說「處理」來「處理」去，好像我們是沒有生命的垃圾，我不知道大人族會不會誠實的告訴他們的小孩（例如常常傍晚會來請我吃麵包逗我玩的×樓×號的小女生）即將把我們送去處死。

「可是爲什麼？」當小女孩這樣問的時候，我不知道大人族要如何回答。

我媽媽、和以前來過幾次的一隻我很崇拜、渾身傷疤、一看就是闖蕩過好些年的前輩告訴過我，他說，我們住的這一帶，是這城市這島嶼居民教育水準、進步意識算高的地區，所以能生存或流浪在此，是我們的幸運、幸福。

幸福？是什麼？

我們從不求日日飽暖，不求人族寵幸，從不奢望媽媽、兄弟們可以永遠聚首，就像每天晚上這社區一戶戶人家燈光亮起時的那情景那種噢我有點知道了，幸福的感覺。

我只但願，同樣做爲地球上的過客，我們彼此容忍，互不斷生路，至於生死禍福，自己碰自己擔（其實我們流浪貓的生命通常只有二、三年），這，會是一個太奢侈的夢想嗎？

再見了，媽媽。

再見了，曾經關心過我們的所有人族。

——一隻明日要上路的小貓

圖像來源：

照片提供：朱天文、朱天心

封面與內頁插畫：紅膠囊

其他插花演出貓族的攝影者：葉佳潾（小虎，p.28）、黃麗如（p.55、p.153）、溫郁芳（恰恰，p.80、p.99）、秦孟莉（吉祥，p.81）、王文娟（Miso，p.123；p.164、p.169）、呂秀霞（小虎斑，p.129）、丁名慶（p.160）、吳佩諭（p.181）、羅繼志（鯨魚行銷提供：p.50、180）、施建州（鯨魚行銷提供：p.69）、朱愛莉（鯨魚行銷提供：內文襯底、p.93）

INK PUBLISHING 文學叢書 051

獵人們

作　者	朱天心
總編輯	初安民
責任編輯	丁名慶
美術編輯	顏柯夫
校　對	朱天心　丁名慶
發行人	張書銘
出　版	INK印刻出版有限公司 台北縣中和市中正路800號13樓之3 電話：02-22281626 傳真：02-22281598 e-mail:ink.book@msa.hinet.net
法律顧問	林春金律師
總經銷	成陽出版股份有限公司 訂購電話：03-3589000 訂購傳真：03-3581688 http://www.sudu.cc
郵政劃撥	19000691 成陽出版股份有限公司
門市地址	106台北市新生南路三段96-4號1樓
門市電話	02-23631407
印　刷	海王印刷事業股份有限公司
出版日期	2005年 10月 初版

ISBN 986-7810-81-3

定價　260元

國家圖書館出版品預行編目資料

獵人們／朱天心 著.－－初版,
－－臺北縣中和市：INK印刻,
2005〔民94〕面；　公分（文學叢書；51）

ISBN 986-7810-81-3（平裝）

855　　93000529